大美寻源

砚边雅集

中国艺术研究院
艺术创作院美术创作研究中心　编

文化艺术出版社
Culture and Art Publishing House

图书在版编目（CIP）数据

大美寻源：砚边雅集 / 中国艺术研究院艺术创作院美术创作研究中心编. —北京：文化艺术出版社，2014.12
ISBN 978-7-5039-5951-6

Ⅰ. ①大… Ⅱ. ①中… Ⅲ. ①美术—作品综合集—中国—现代 Ⅳ. ①J121

中国版本图书馆CIP数据核字(2014)第294619号

大美寻源：砚边雅集

编　　者　中国艺术研究院艺术创作院美术创作研究中心
责任编辑　王　红
装帧设计　马夕雯
出版发行　文化艺术出版社
地　　址　北京市东城区东四八条52号　100700
网　　址　www.whyscbs.com
电子信箱　whysbooks@263.net
电　　话　（010）84057666（总编室）　84057667（办公室）
　　　　　84057691—84057699（发行部）
传　　真　（010）84057660（总编室）　84057670（办公室）
　　　　　84057690（发行部）
经　　销　新华书店
印　　刷　北京雅昌艺术印刷有限公司
版　　次　2015年1月第1版
　　　　　2015年1月第1次印刷
开　　本　787毫米×1092毫米　1/12
印　　张　16
字　　数　10千字　图片190幅
书　　号　ISBN 978-7-5039-5951-6
定　　价　368.00元

编委会名单

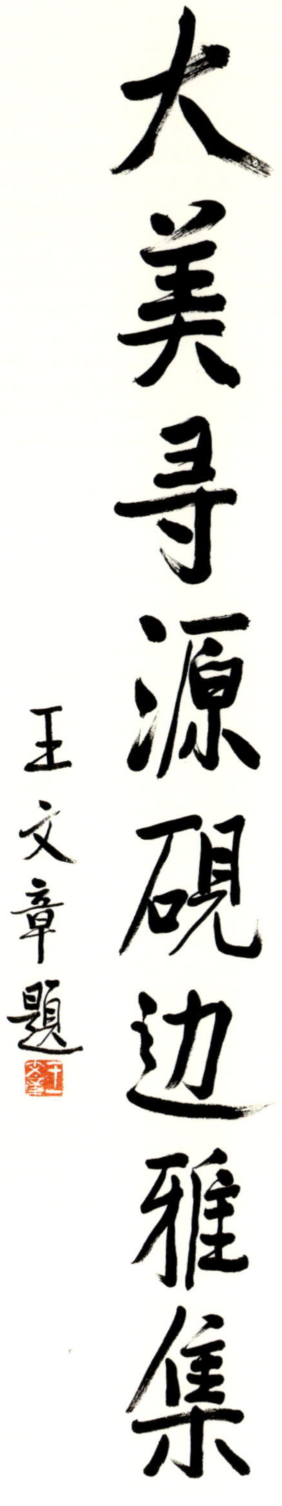

王文章院长题词

目　录

（按年龄排序）

序

夫人生在世，际遇沉浮，或于春朝，花繁蕊馥；或当月夕，清辉如水；更或他乡逆旅，雨凄风苦；当此之时，凡俗只是七情飘摇，六欲牵引，八苦交逢，沉沦陷没。唯其砚农墨客者，偏能入乎其中，出乎其外，将此胸臆，自吟砚边，或书或画，片纸尺幅，一一状摹，尽抒无伪心源。

此集篇什即诸方家名士案劳之余、兴之所至，发而为此！婉转明媚有之，清新疏朗有之，苍凉磅礴有之，慵懒松弛有之…… 凡此，无非激浊扬清，勉乎先哲者。虽不敢望《兰亭》《祭侄》，其间亦有可品、可赏、可亲、可喜、可观，以至可敬者矣！此皆自家风光，本不为他人所作。好事如亚雄兄者，辑以为《砚边雅集》，其意在一“边”字，边缘化、偶然化。以余观之，是亦君子坦荡荡之坦然化。

时逢国安家泰、风正气清，虽在岁末，诸君雅集犹春花烂漫温煦。

是为序。

杨华山

甲午仲冬

王乃壮

又名王洲，号静敛斋主、寒山稚子。1929年2月生，浙江杭州人。祖父王福盦为杭州西泠印社创始人之一。幼承家传，酷爱书画，得徐悲鸿、吴作人、李苦禅指导。现为中国美术家协会理事、清华大学美术学院教授、中国华翰书画院院长、中国现代书法研究中心艺术顾问、台湾美术家协会荣誉理事、新加坡南洋艺术学院客座教授。出版有《王乃壮花鸟》画辑、《王乃壮画集》等。

兰竹共芳香

118 cm × 50 cm

刘宗汉

1939年生，北京人。曾为中华书局语言文字编辑室主任、编审。现为北京市文史研究馆馆员。

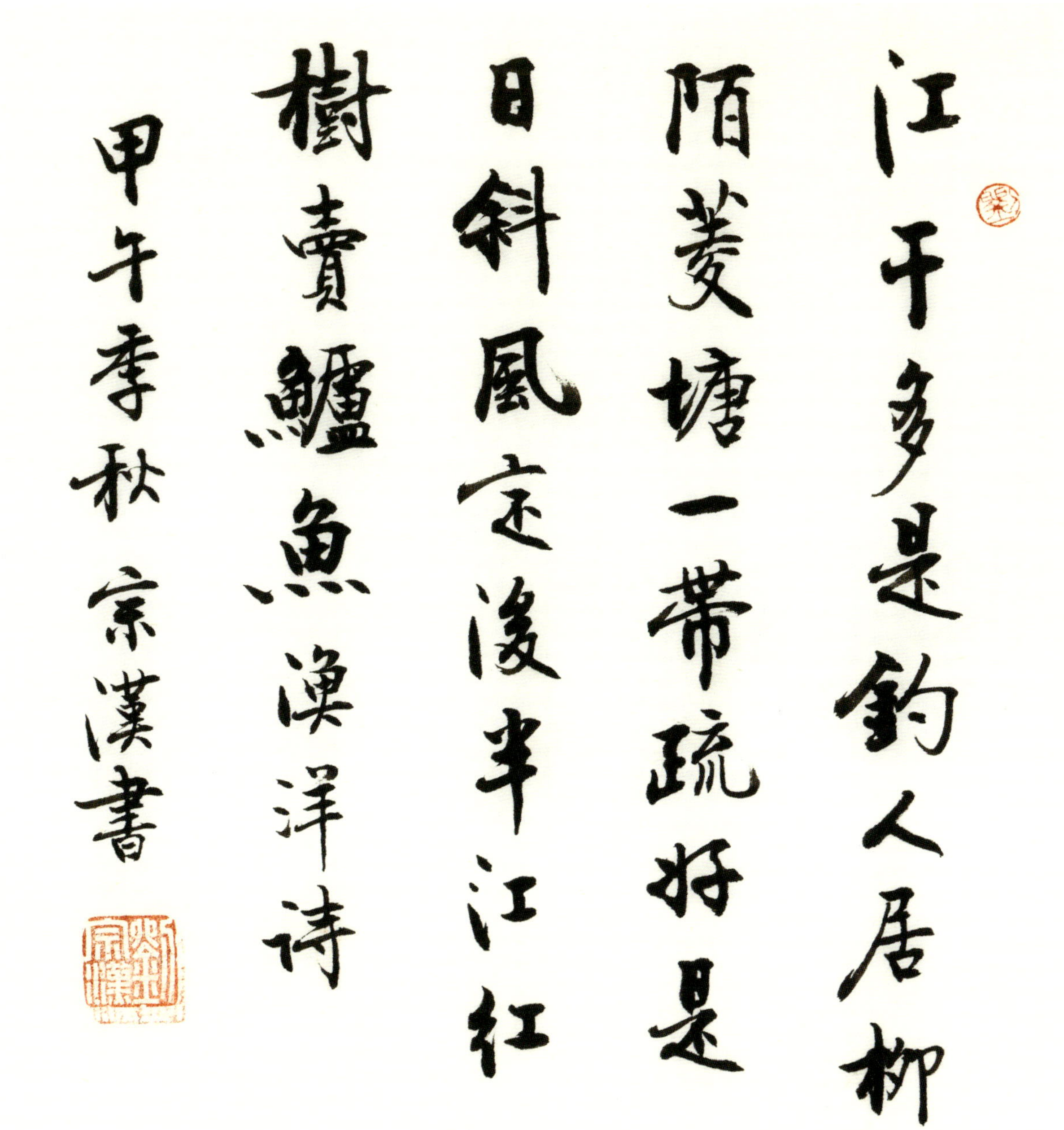

王士祯《真州绝句》

行楷

28cm×26cm

薛永年

1941年生，北京市人。中央美术学院教授、博士生导师，中央文史研究馆馆员兼中央文史研究馆书画院副院长，中国美术家协会理事兼理论委员会主任，国家文物鉴定委员会委员，国家画院美术研究院副院长，中国艺术研究院艺术创作院顾问，中国书法家协会会员。享受政府特殊津贴专家，被国家人事部评为有突出贡献的国家级专家。曾任中央美术学院美术史系主任、研究生部主任。曾受聘为美国俄亥俄州立大学访问教授，香港中文大学、台湾艺术学院客座教授。出版有《中国美术简史（增订本）》、《书画史论丛稿》、《晋唐宋元卷轴画史》、《扬州八怪与扬州商业》、《名家鉴画探要》、《蓦然回首——薛永年美术论集》、《中国现代美术理论批评文丛·薛永年卷》等。

静观玄览

行书

43 cm × 87 cm

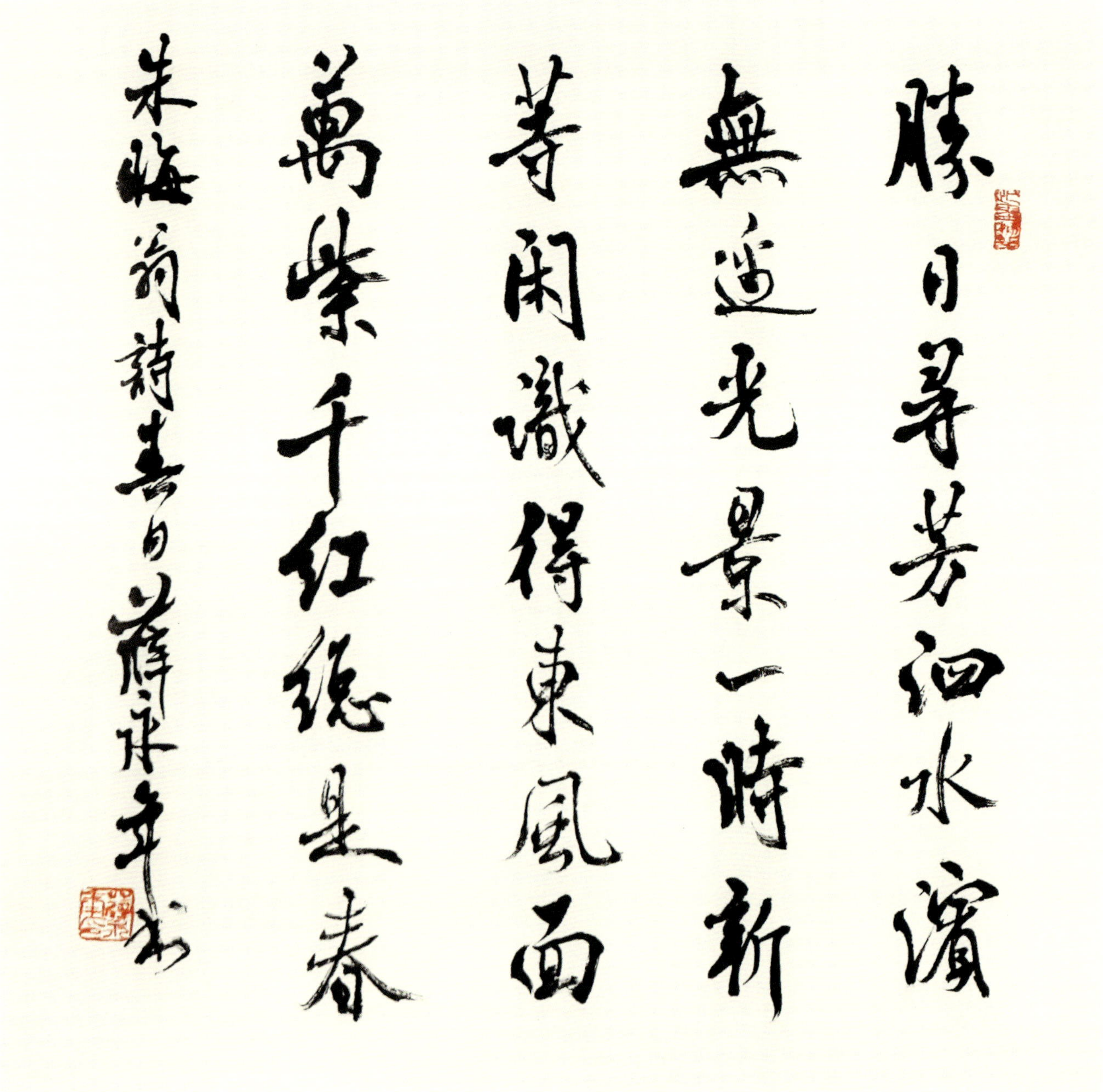

朱熹《春日》

行书

43cm × 43cm

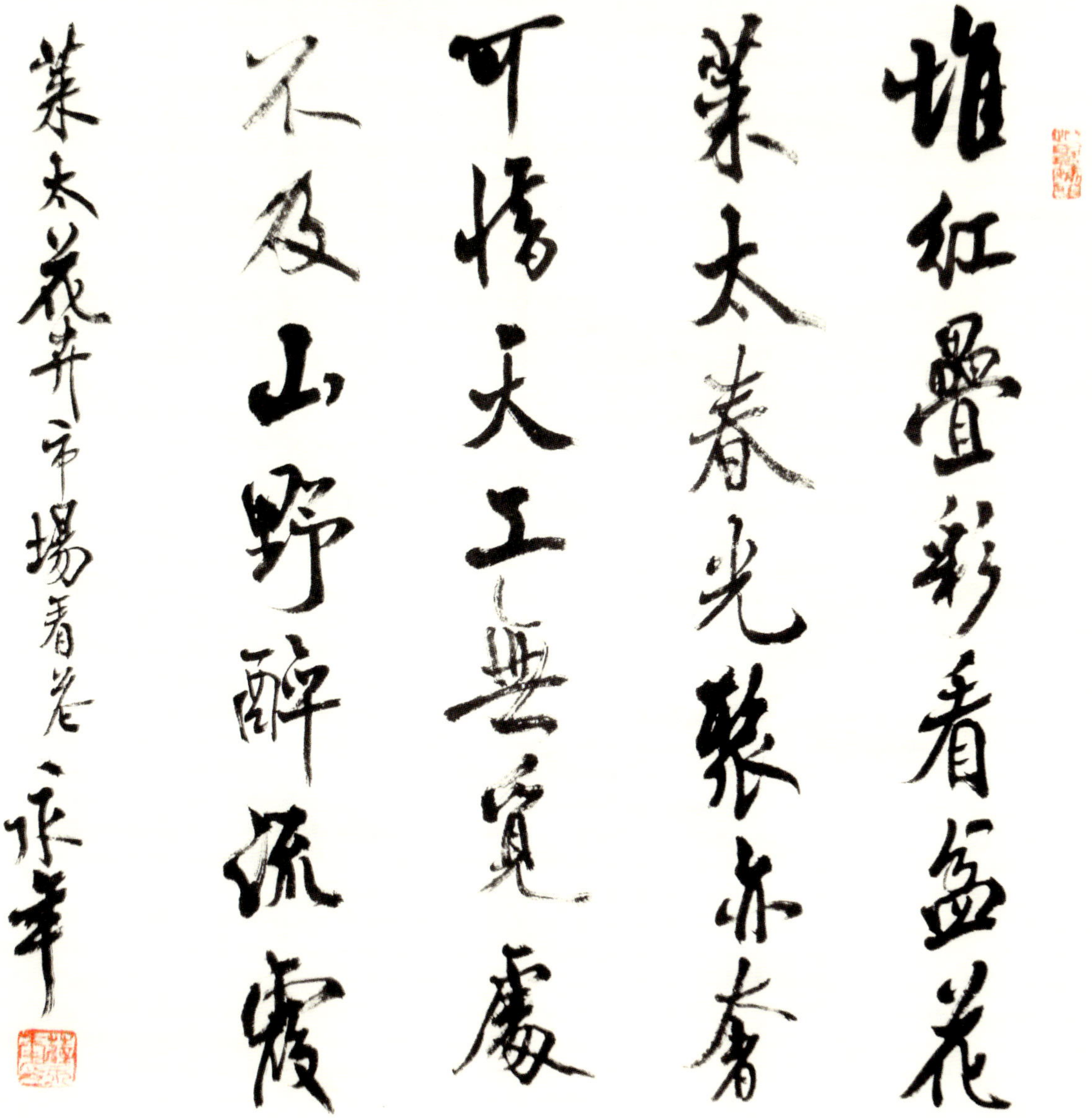

莱太花卉市场看花

行书

67 cm × 67 cm

汤　立

1947年生于湖北武汉。曾任中国长城书画院副院长、东方大学城艺术研究院名誉院长，受聘为北京师范大学、中国人民大学等多所大学教授、研究生导师。现为国家一级美术师、中国艺术研究院艺术创作院特聘研究员、中国美术家协会会员、中国现代文化研究中心研究员、世界水墨画联盟常务理事。先后在日本、英国、美国、波兰及中国台湾、武汉、南京、山东、北京、广东、河南、江西等国家和地区举办个人展览。出版有《中国当代名家画集·汤立》、《中国近现代名家精品·汤立花鸟画精选》、《当代花鸟画大家·汤立》、《汤立作品集》等。

枇杷

45 cm × 34 cm

赵　珩

1948年生，北京人。曾为北京燕山出版社总编辑、编审。现为北京市文物局专家组专家、学术委员。出版有《老饕漫笔》、《老饕续笔》、《彀外谭屑》、《旧时风物》等。

得趣娱怀联

行书

70cm × 15cm × 2

盡也而又何羨乎且夫天地之間物各有
主苟非吾之所有雖一毫而莫取惟江上之
清風與山間之明月耳得之而為聲目遇
之而成色取之無盡用之不竭是造物者
之無盡藏也而吾與子之所共食客喜而笑
洗盞更酌肴核既盡杯盤狼籍相與枕藉
乎舟中不知東方之既白
是歲十月之望步自雪堂將歸於臨皋二
客從予過黃泥之坂霜露既降木葉盡
脫人影在地仰見明月顧而樂之行歌相答
已而嘆曰有客無酒有酒無肴月白風清
如此良夜何客曰今者薄暮舉網得魚巨
口細鱗狀似松江之鱸顧安所得酒乎歸而
謀諸婦婦曰我有斗酒藏之久矣以待子不
時之須於是攜酒與魚復遊於赤壁之下江流有
聲斷岸千尺山高月小水落石出曾日月之
幾何而江山不可復識矣予乃攝衣而上履巉
巖披蒙茸踞虎豹登虬龍攀栖鶻之危巢
俯馮夷之幽宮蓋二客不能從焉劃然長嘯
草木震動山鳴谷應風起水涌予亦悄然
而悲肅然而恐凜乎其不可久留也反而登
舟放乎中流聽其所止而休焉

甲午閏九月中浣於數外書屋

趙珩

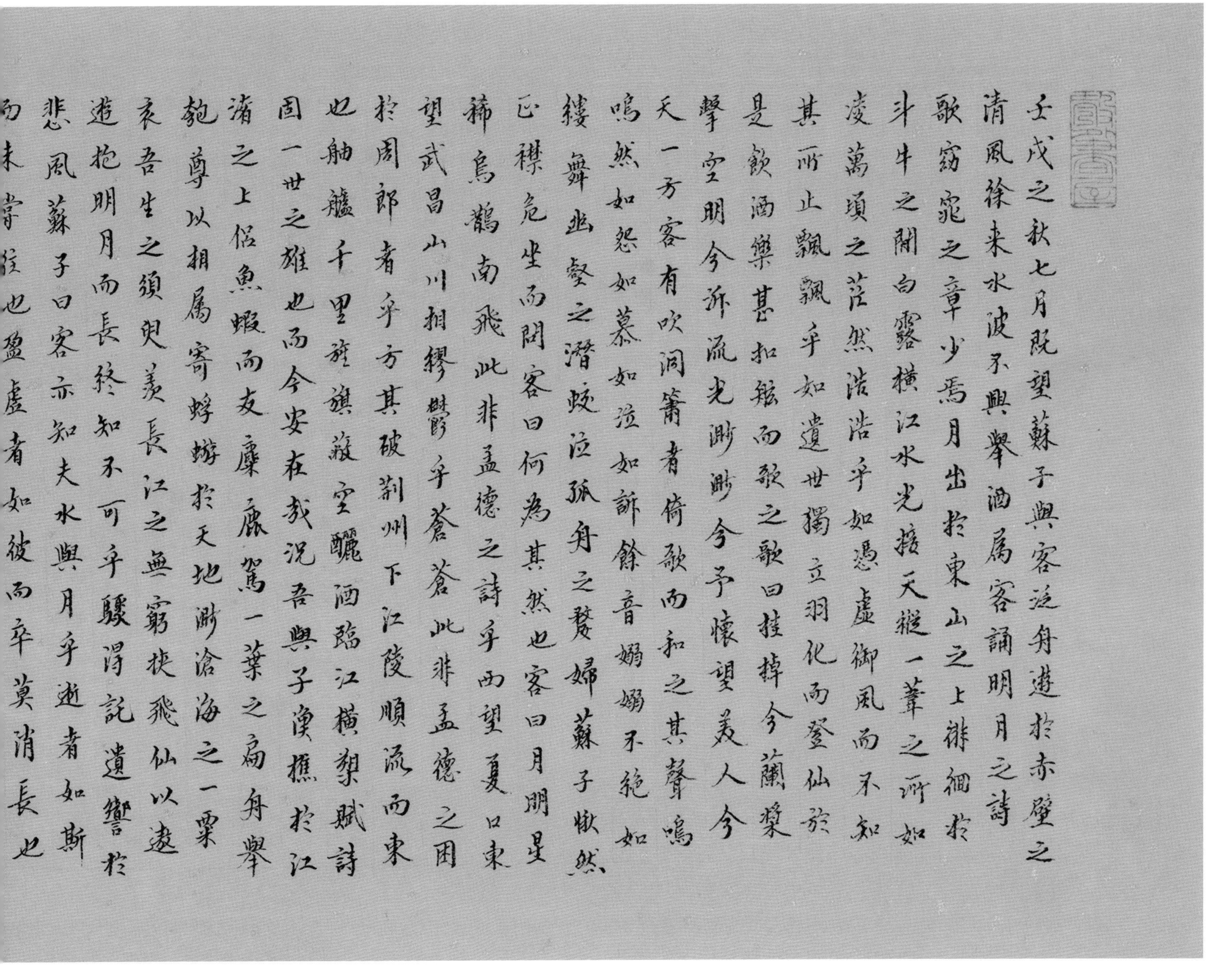

苏轼《赤壁赋》节句

小楷

26cm × 70cm

田　青

著名文化学者，音乐学家。曾任中国非物质文化遗产保护中心副主任，中国艺术研究院音乐研究所所长。现为中央文史研究馆馆员，全国政协委员，中国佛协顾问，星云文教公益基金会秘书长，中国昆剧古琴研究会会长，研究员，博士生导师。

偈颂二首

隶书

31cm × 31cm

难得明白

69cm × 69cm

寒山问拾得

行书

31cm×31cm

田家青

多年潜心于古典家具研究，是享誉海内外的专家，其学术著作《清代家具》是此领域的开创和权威之作。注重理论研究与实践相结合，自1996年以来，开创了将家具视为艺术品的创作实践，设计制作具有当今时代风格的传统家具。出版有《明韵——田家青设计家具作品集》。

木缘

楷书

33cm × 73cm

慎修思永

楷书

35cm × 107cm

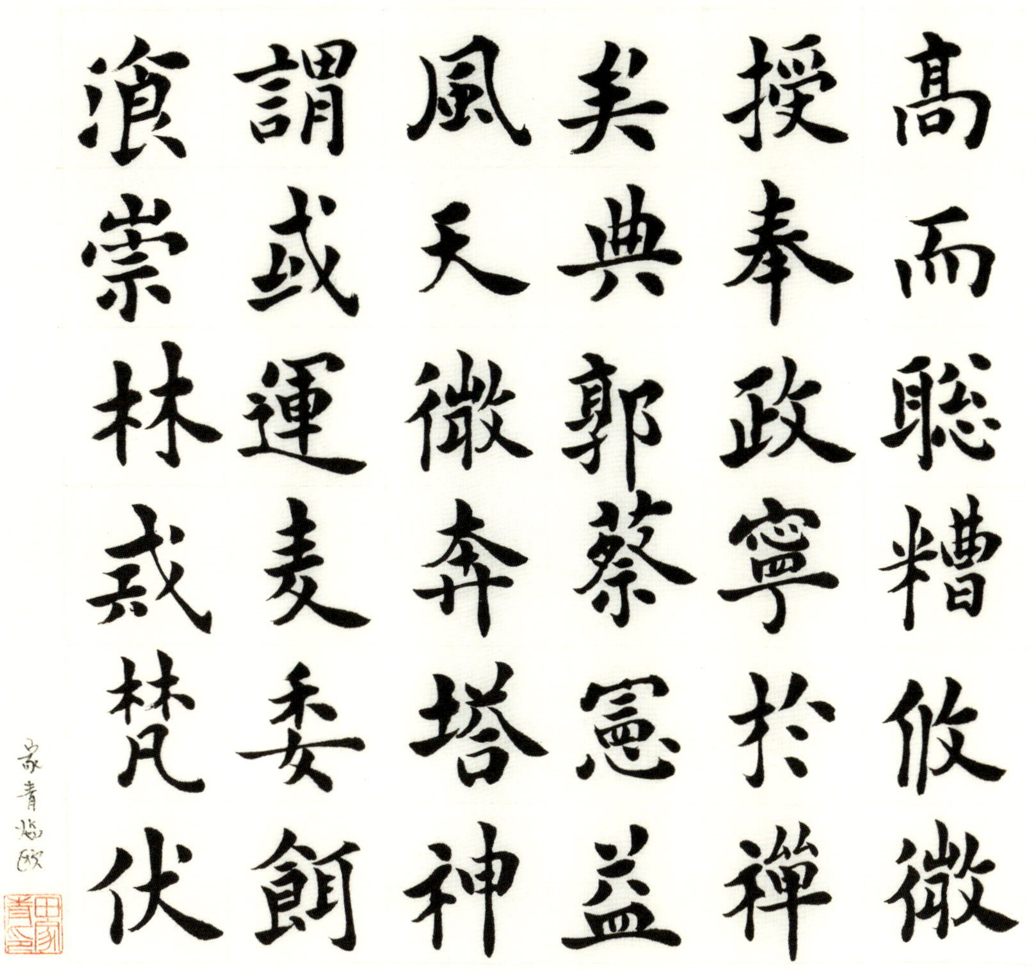

临摹欧阳询

楷书

68cm × 68cm

刘　涛

生于汉口。1982年毕业于武汉大学历史系本科，留校任教。1988年调中央美术学院国画系任教。从事中国书法史、书法技法的教学和研究。发表书法史论文三十余篇，出版有《中国书法史·魏晋南北朝卷》、《书法谈丛》、《字里千秋》、《书法鉴赏》、《中国书法》。

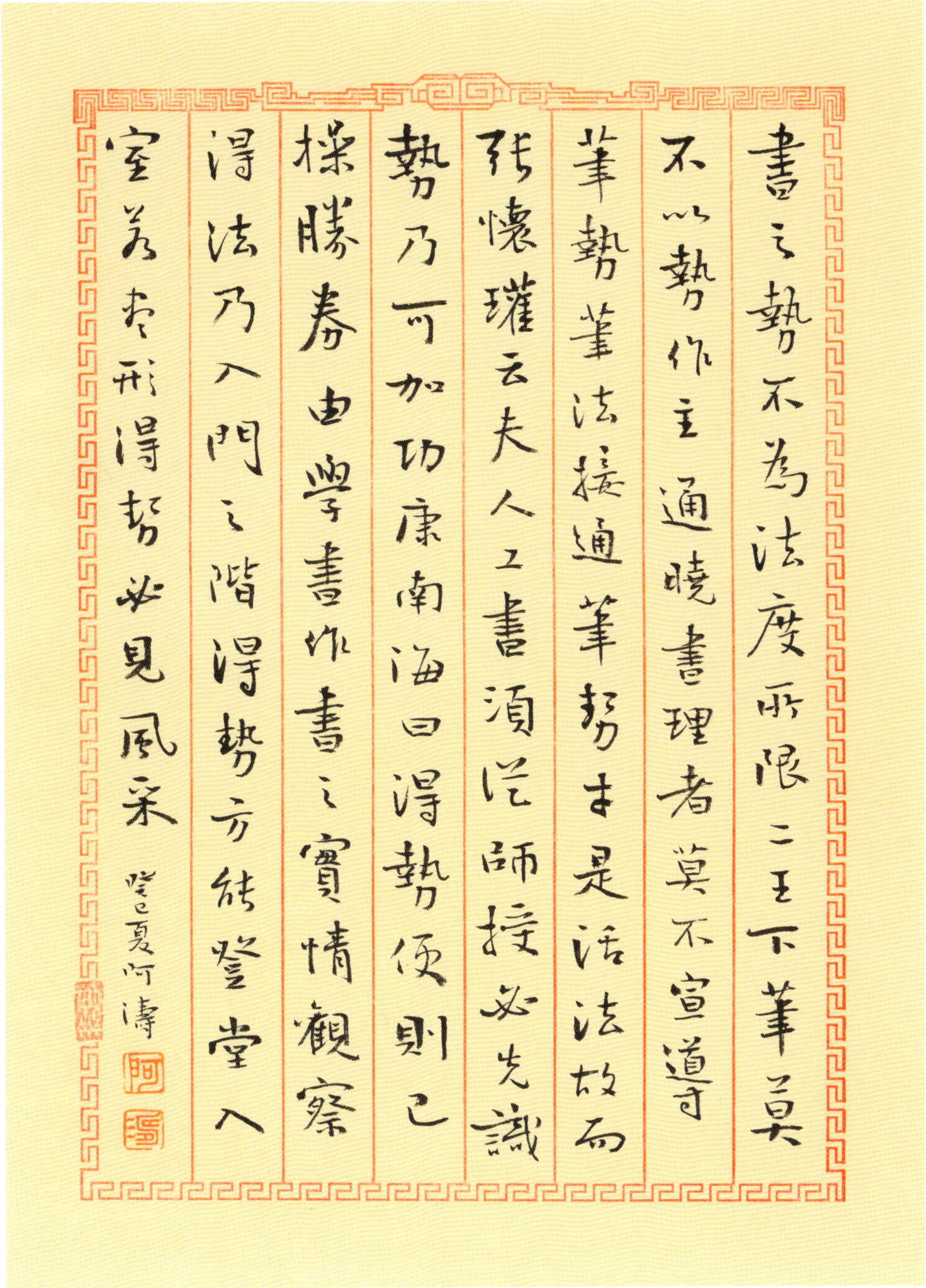

书论

行书

29.5cm×20cm

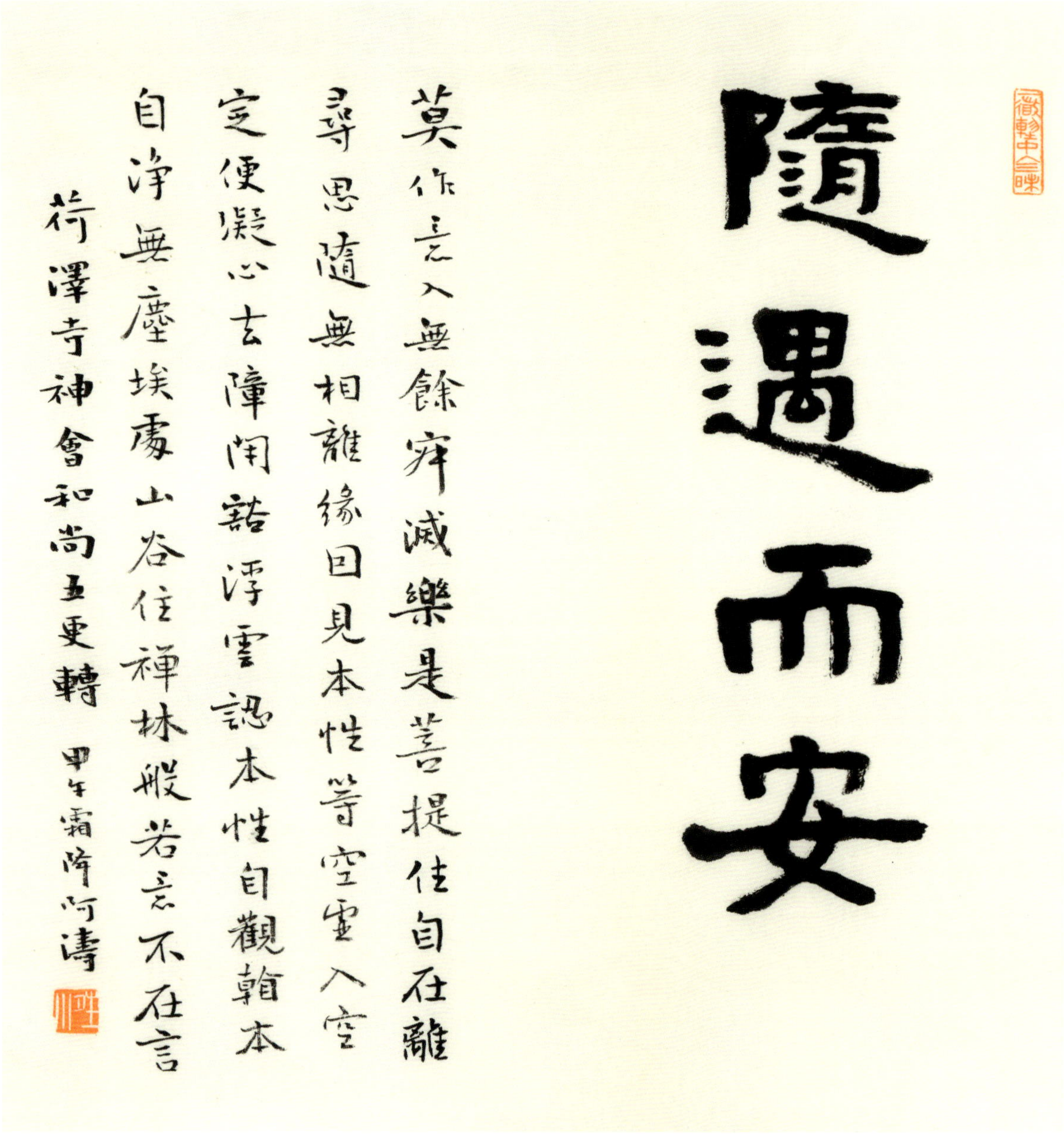

随遇而安

行书

30 cm × 30 cm

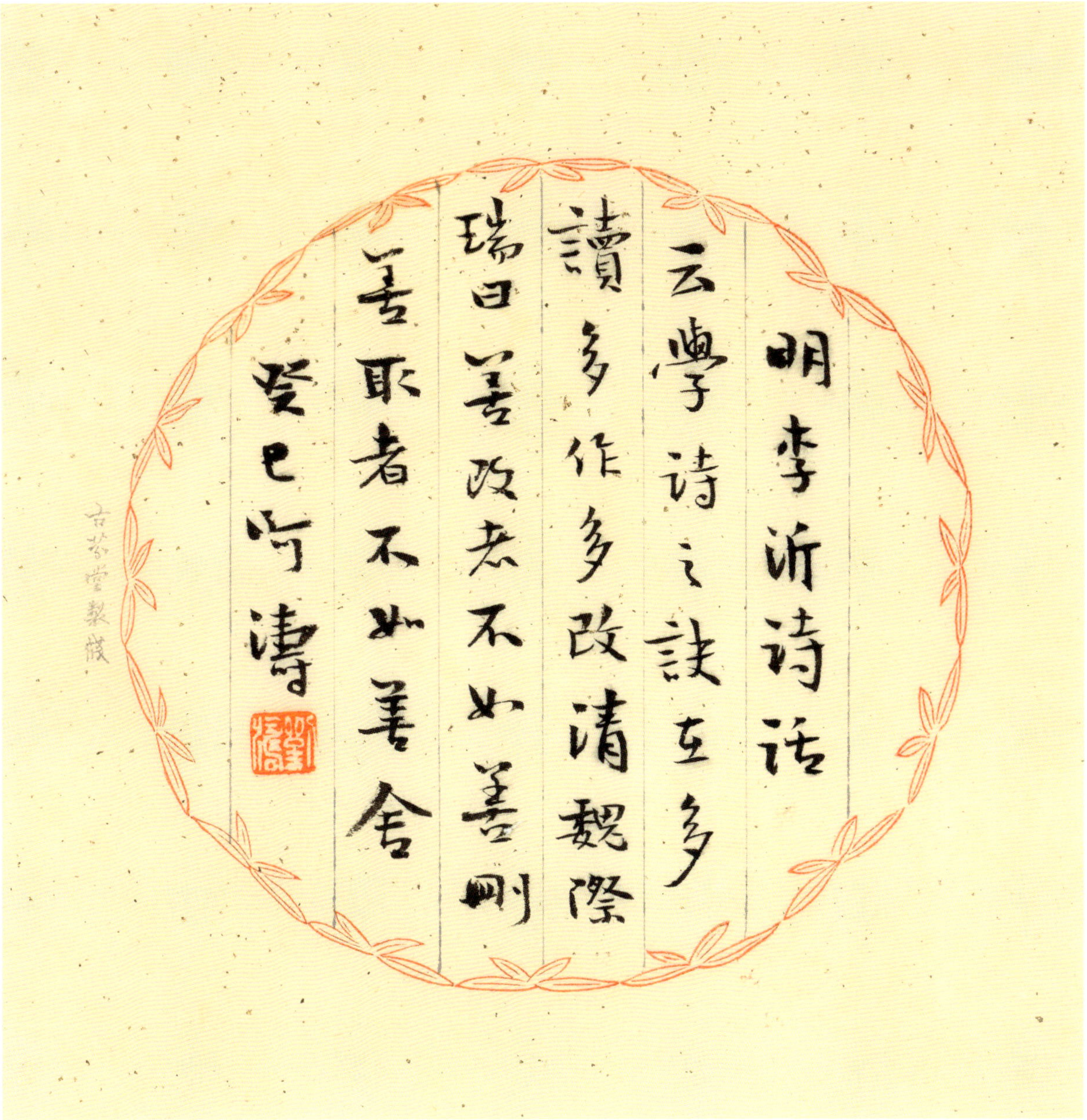

诗话二则

行书

19cm × 17cm

扬之水

原名赵丽雅。1954年生，浙江诸暨人。中国社会科学院文学所研究员。著有《脂麻通鉴》、《终朝采绿》、《诗经名物新证》、《诗经别裁》、《古诗文名物新证》等。

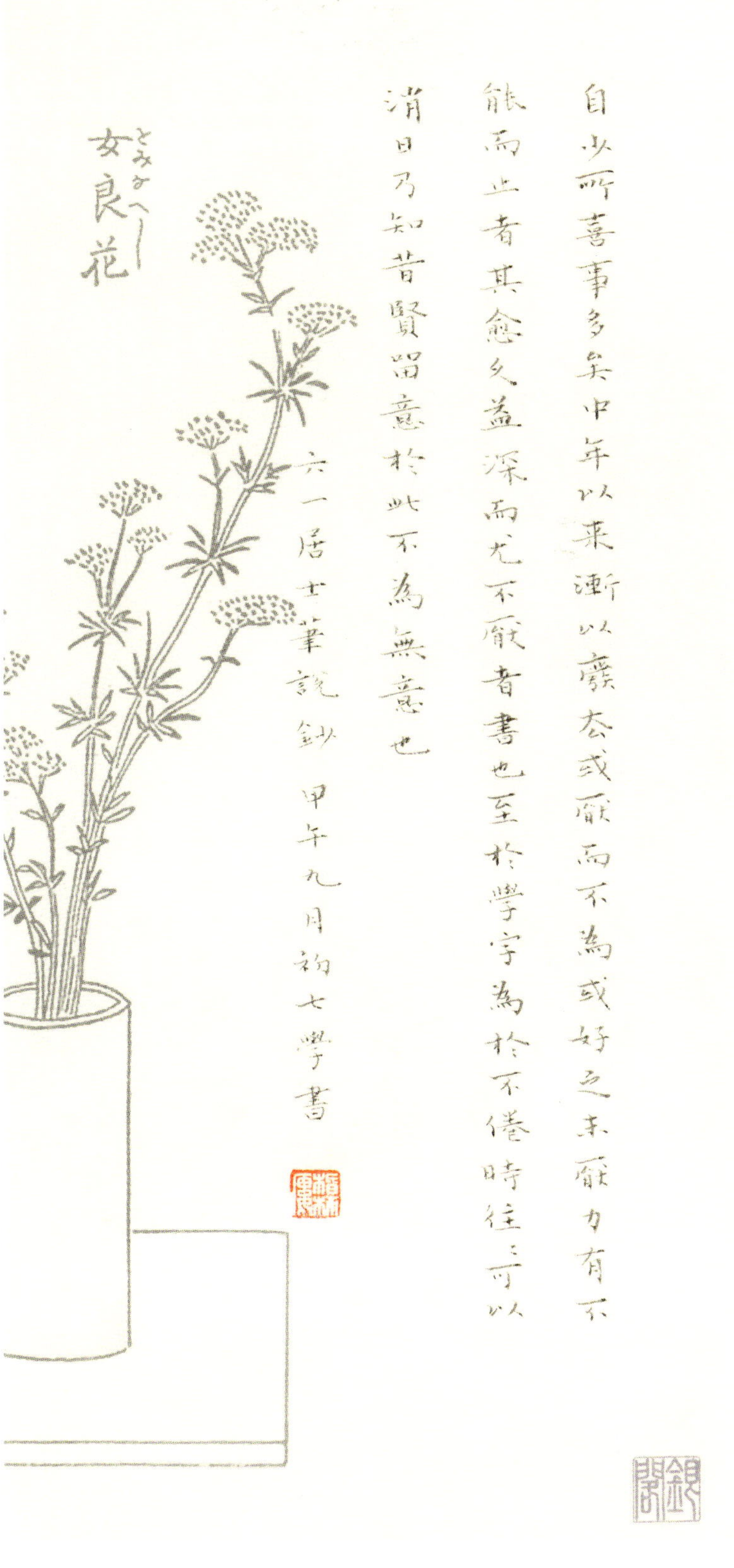

六一居士笔说抄

小楷

18cm × 8cm

羅蜜多是大神呪是大明呪是無上呪是無等等呪
能除一切苦真實不虛故說般若波羅蜜多呪即說
呪曰

揭帝揭帝　波羅揭帝
波羅僧揭帝　菩提薩婆訶

般若波羅蜜多心經

甲午立冬次一夕如一居士書

第四十五本

涵嘉居製

《般若波罗蜜多心经》

小楷

15 cm × 10 cm × 2

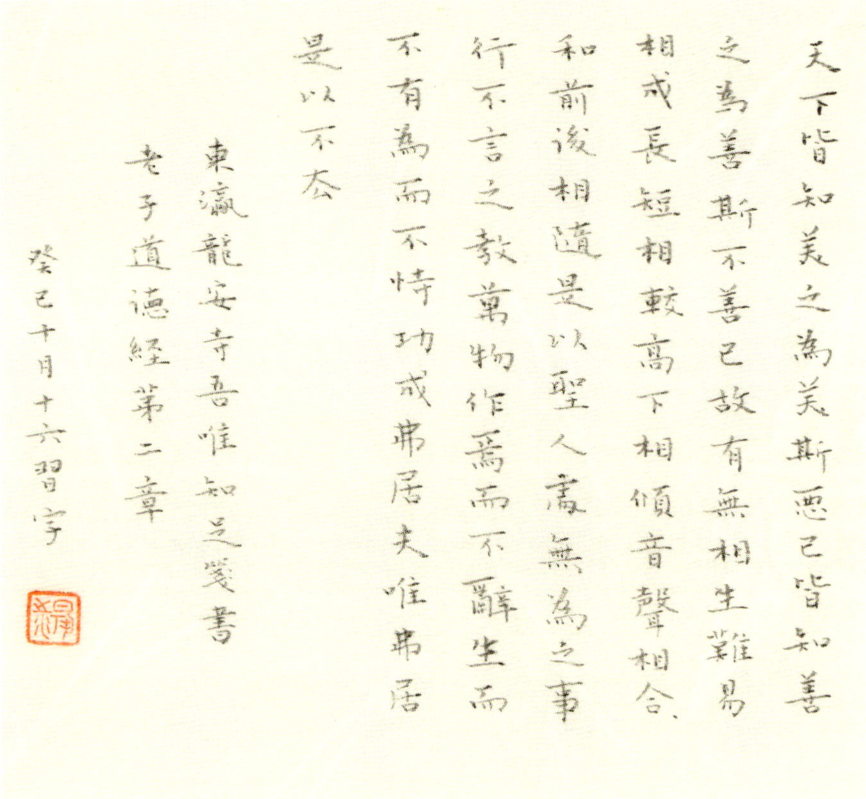
天下皆知美之為美斯惡已皆知善
之為善斯不善已故有無相生難易
相成長短相較高下相傾音聲相合、
和前後相隨是以聖人處無為之事
行不言之教萬物作焉而不辭生而
不有為而不恃功成弗居夫唯弗居
是以不去

東瀛龍安寺吾唯知足箋書
老子道德經第二章
癸巳十月十六習字

老子《道德经》第二章

小楷

17 cm × 15 cm

莫　言

原名管谟业。1955年生，山东高密人。2012 年诺贝尔文学奖获得者，第八届茅盾文学奖得主。中国作家协会副主席、中国艺术研究院文学院院长。代表作品有《红高粱》（张艺谋成名电影《红高粱》原著）、《檀香刑》、《生死疲劳》、《丰乳肥臀》、《透明的红萝卜》、《四十一炮》、《酒国》等。

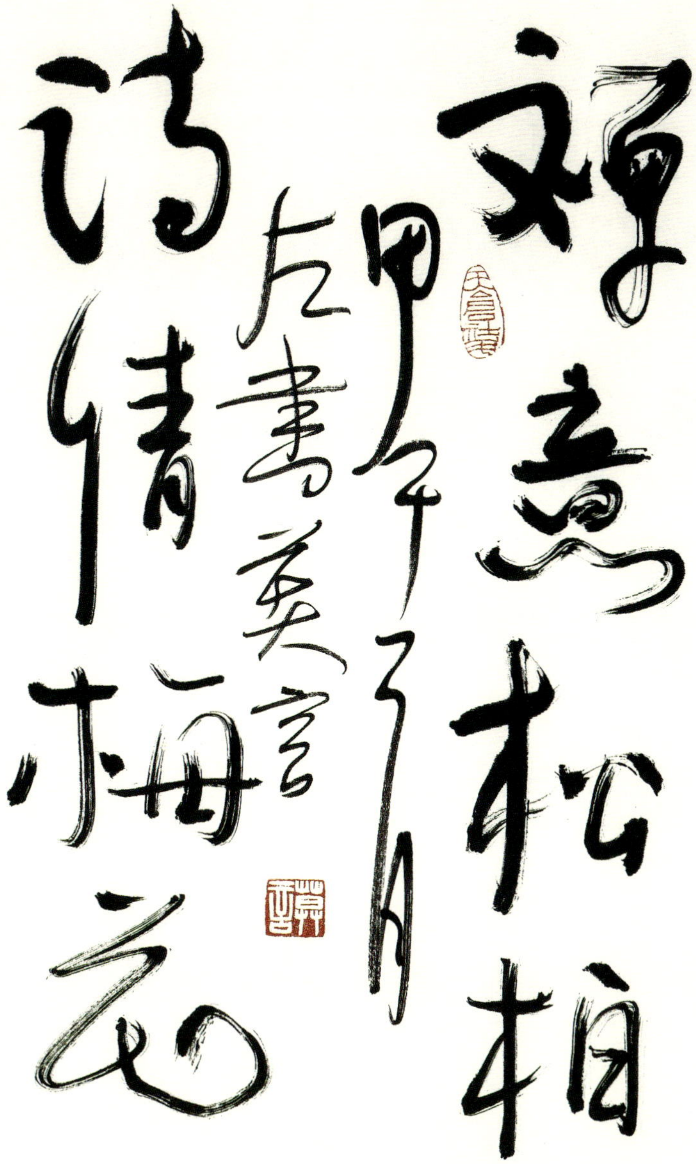

禅意松柏　诗情梅花

行书

68cm × 50cm

杨为国

字石扉，号大正。1955年生。中国书法家协会会员，中国书画艺术委员会副主席。毕业于中国美术学院国画系书法专业，任职于中国美术学院。原为北京大学回宫格书法艺术学校校长，现为国家开放大学教授。

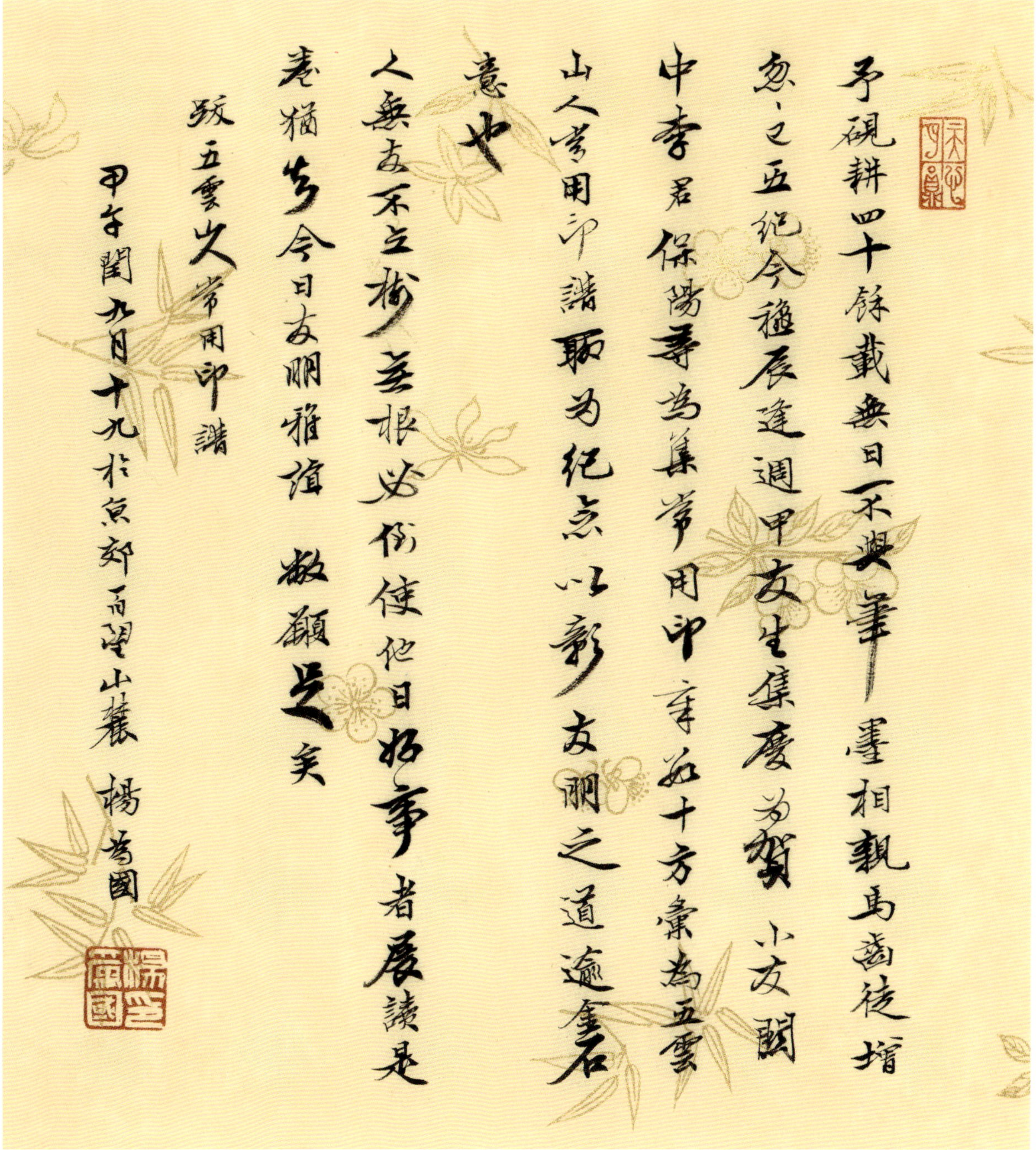

跋五云山人常用印谱

行书

35cm×30cm

李　一

1957年生于山东曲阜。中国艺术研究院文学博士。现任中国艺术研究院研究员、博士生导师，《美术观察》杂志主编，兼任中国书法家协会理事及学术委员会委员，中国美术家协会理事及理论委员会副主任，中央文史研究馆书画院艺术委员会委员，中国书法媒体联谊会副会长，《美术》、《中国书法》、《中华书画家》杂志编委，国家哲学社会科学基金艺术学项目评审委员，文化部高级职称评审委员。

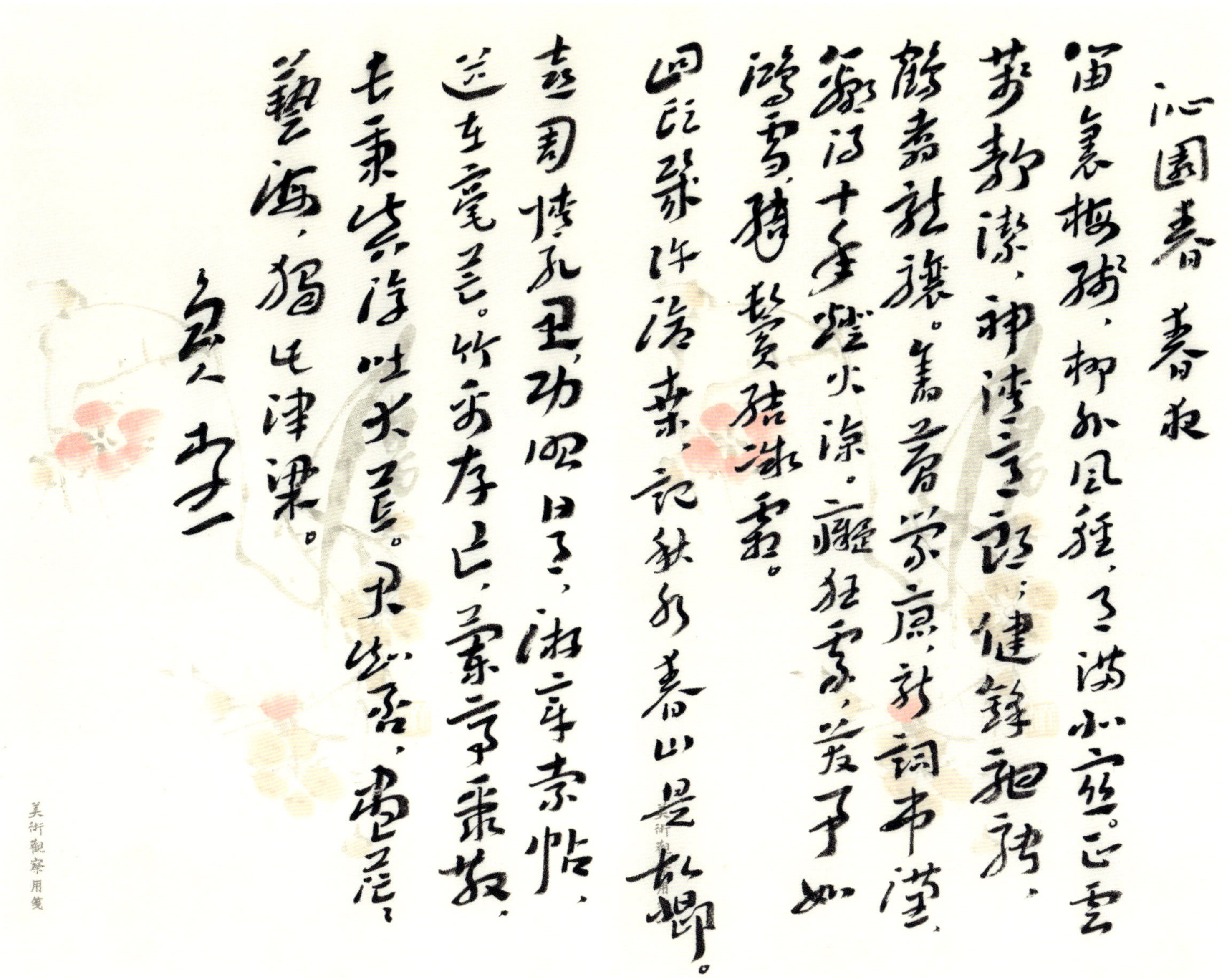

沁园春·春夜

章草

23cm × 33cm

老，尤以宿墨之運用冠絕一時。篆法則沉厚鬱妍，行體則蒼潤蕭散，拙而勝巧，神與古會，意興無窮，勁氣內斂。最足稱者，以書法通之畫法，寫山水如作字，點染成皴，渾厚華滋，獨造前賢未窺之境。當今追慕賓老畫者亦夥矣，徒知襲取其貌，幾於筆筆濃染，家家墨塗，而未嘗一探其實，良可歎也。李一

美術觀察用箋

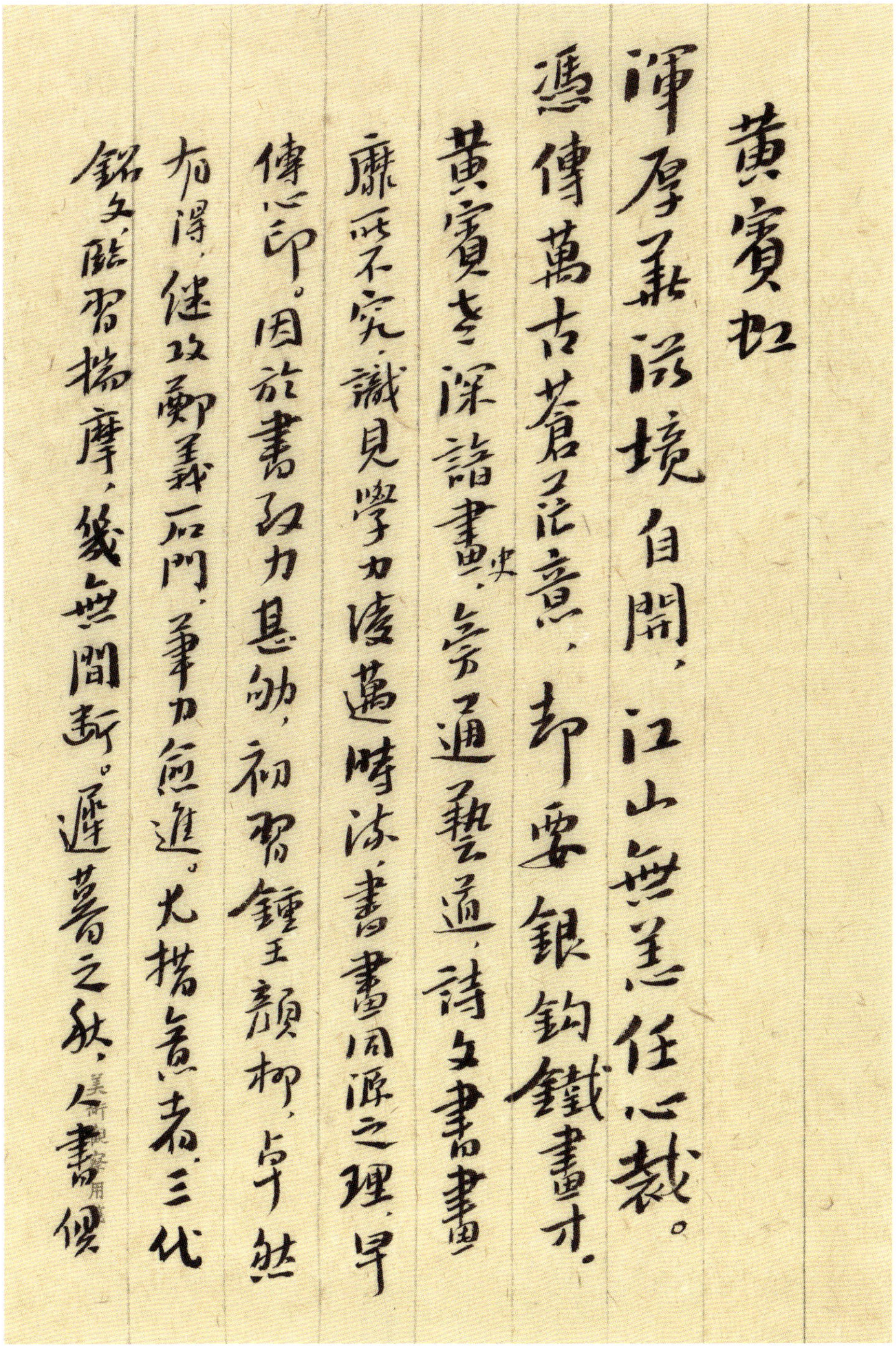

论黄宾虹

行书

33cm × 23cm × 2

卫德章

1957年生，山东烟台福山人。现为中国艺术研究院艺术创作院特聘研究员、中国美术家协会会员。作品参加第七、八届全国美展，首届全国中国画展等。作品曾获“当代水墨新人奖”、“东方杯”国际水墨画大赛“东方奖”。多幅作品被中央美术学院、中国美术馆等收藏。曾在中国美术馆举办“卫德章山水画展”，在中国国家画院举办“瑞云山乡——卫德章个人画展”。出版有《中国当代名家画集——卫德章》等。

黄天厚土有人家

69 cm × 68 cm

高坡人家春意浓

69 cm × 68 cm

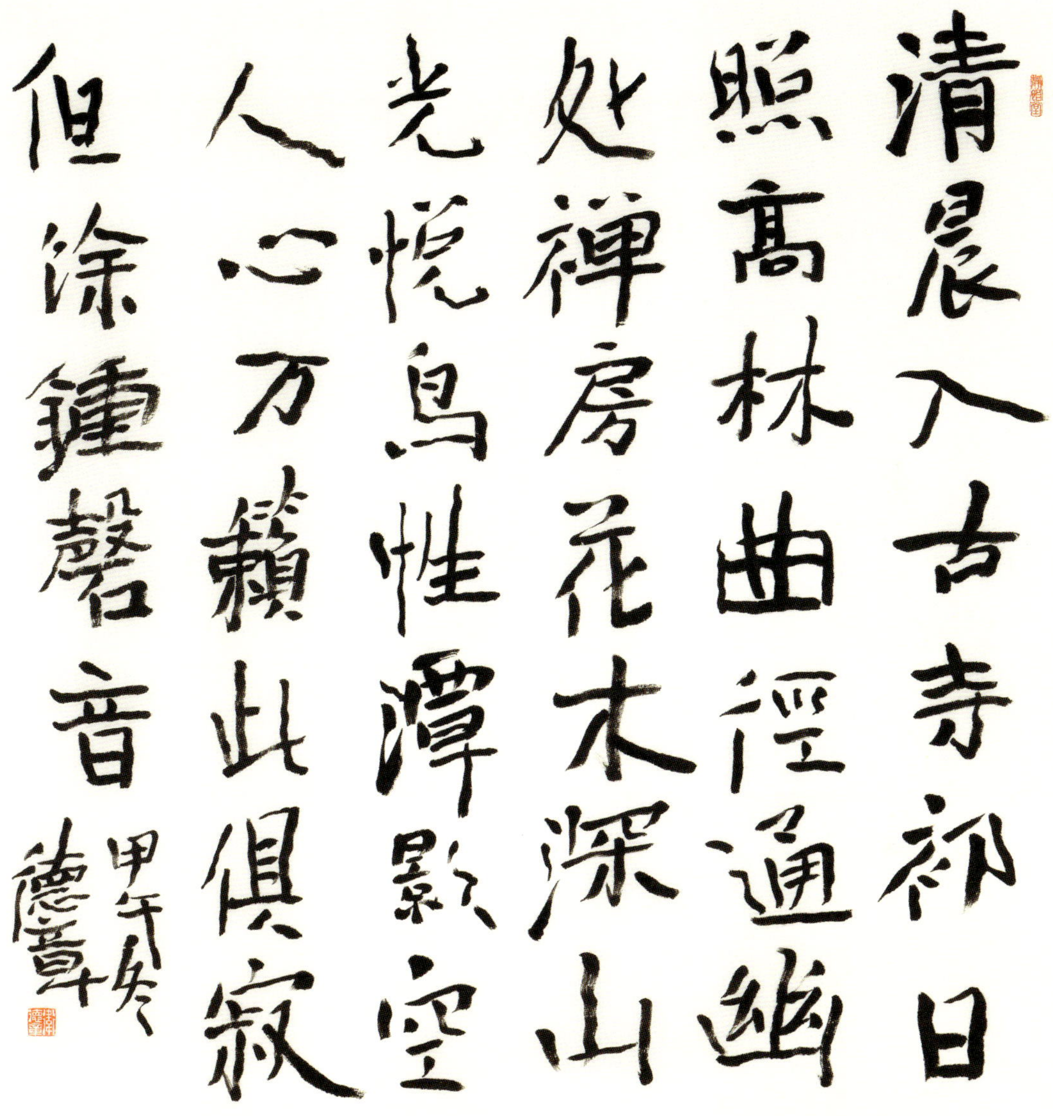

常建《题破山寺后禅院》

行书

71cm×69cm

曾　翔

1958年生，湖北随州人。中国国家画院研究员、书法篆刻院秘书长、篆刻研究所所长，曾翔书法工作室导师，中国艺术研究院研究生院硕士生导师、中国书法院研究员，中国国际交流书画院副院长，湖北书法院副院长，北京大学名家工作室导师，中国人民大学名家工作室导师，北京印社副秘书长，中国书法家协会青少年工作委员会副主任。

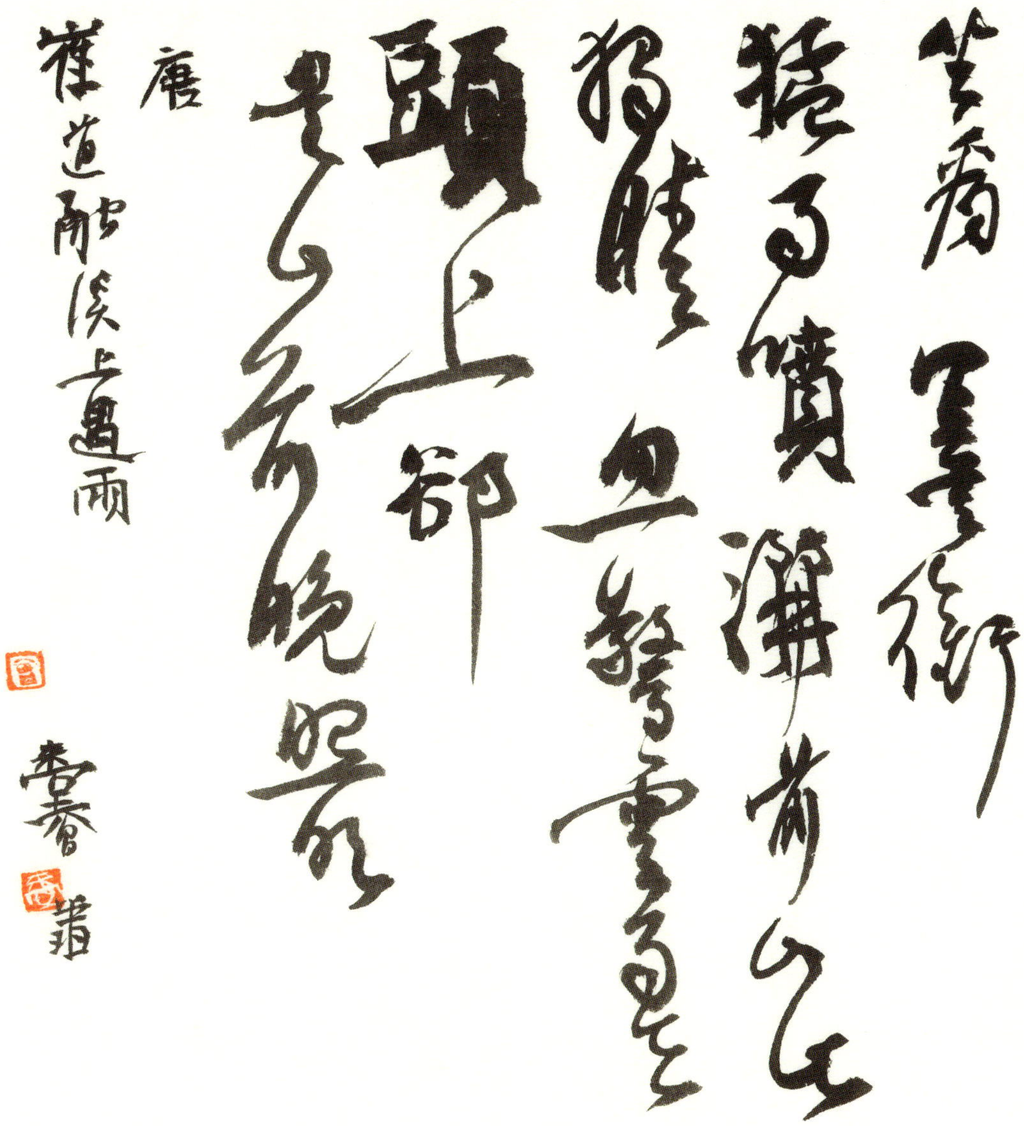

崔道融《溪上遇雨》

行草

35 cm × 33 cm

印拓

34 cm × 34 cm

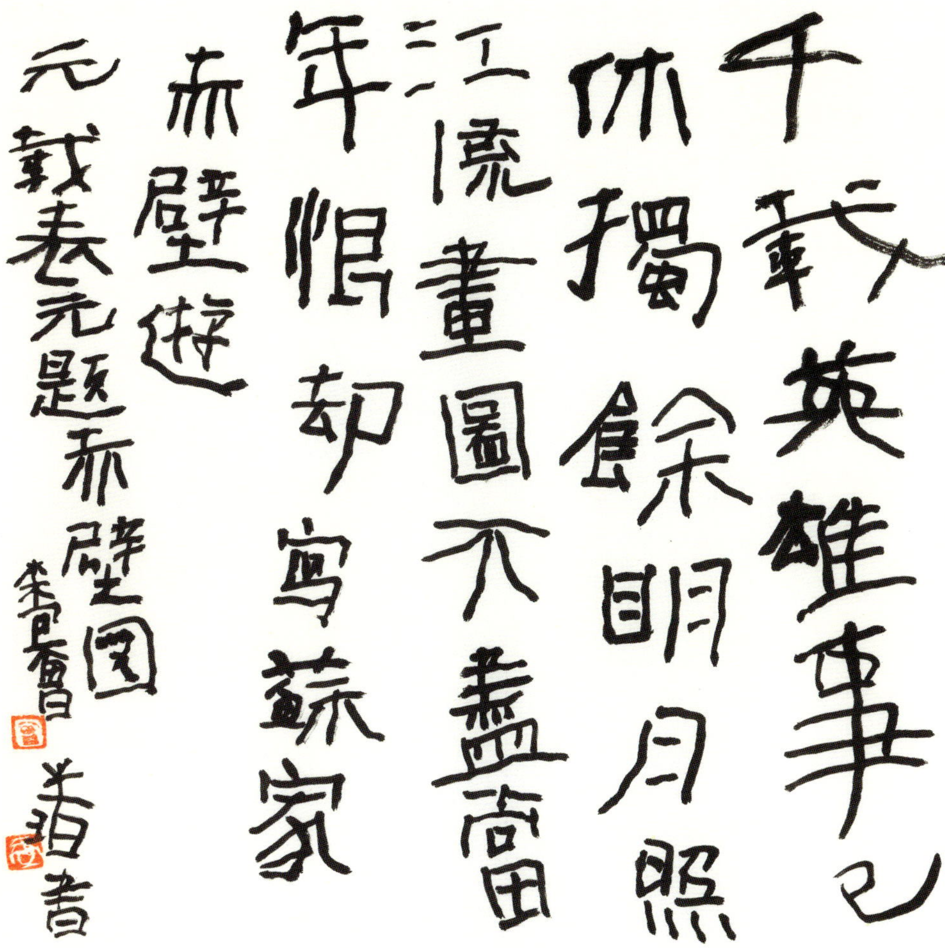

戴表元《题赤壁图》

隶书

33 cm × 33 cm

刘少刚

又署绍刚，号泺源、修公。1958年生于山东济南，山东新泰人。1982年毕业于山东大学历史系，获文字书法专业文学硕士学位。现任中国文化遗产研究院研究员、古文献研究室主任，主要从事简牍帛书的整理研究和艺术史研究。兼任中国书法家协会书法培训中心教授，中国艺术研究院中国篆刻艺术院研究员，山东大学兼职教授、博士生导师。

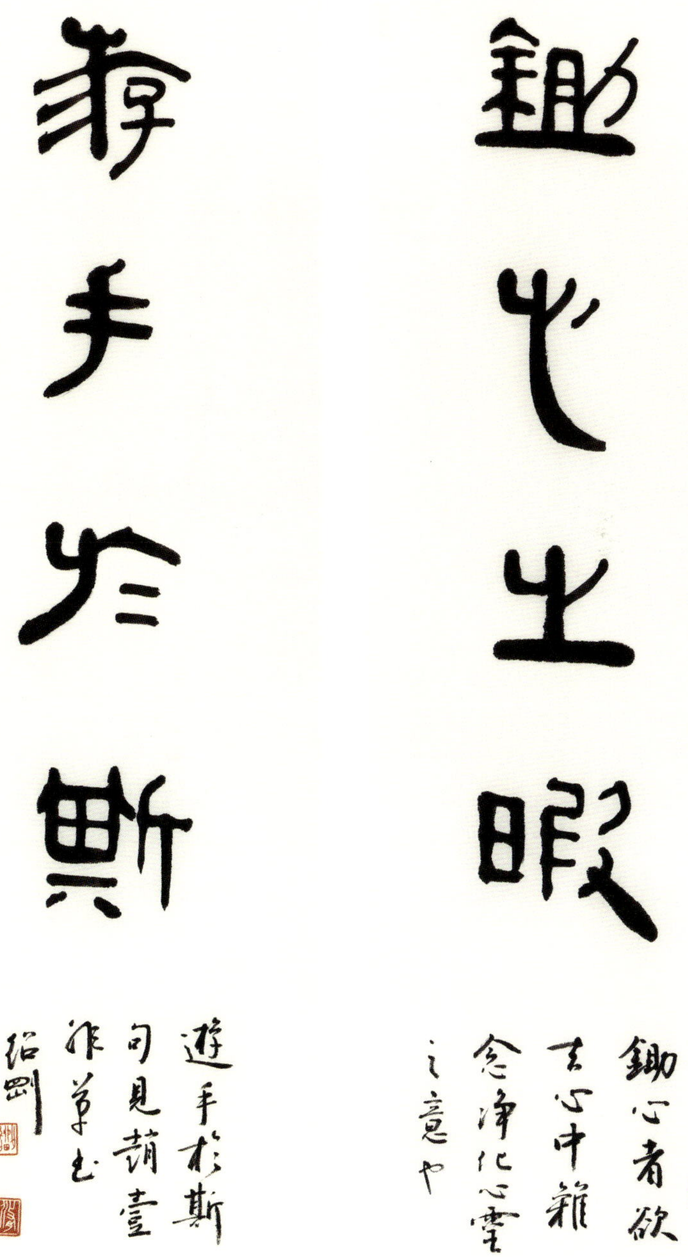

锄心之暇　游手于斯

隶书

69cm × 20cm × 2

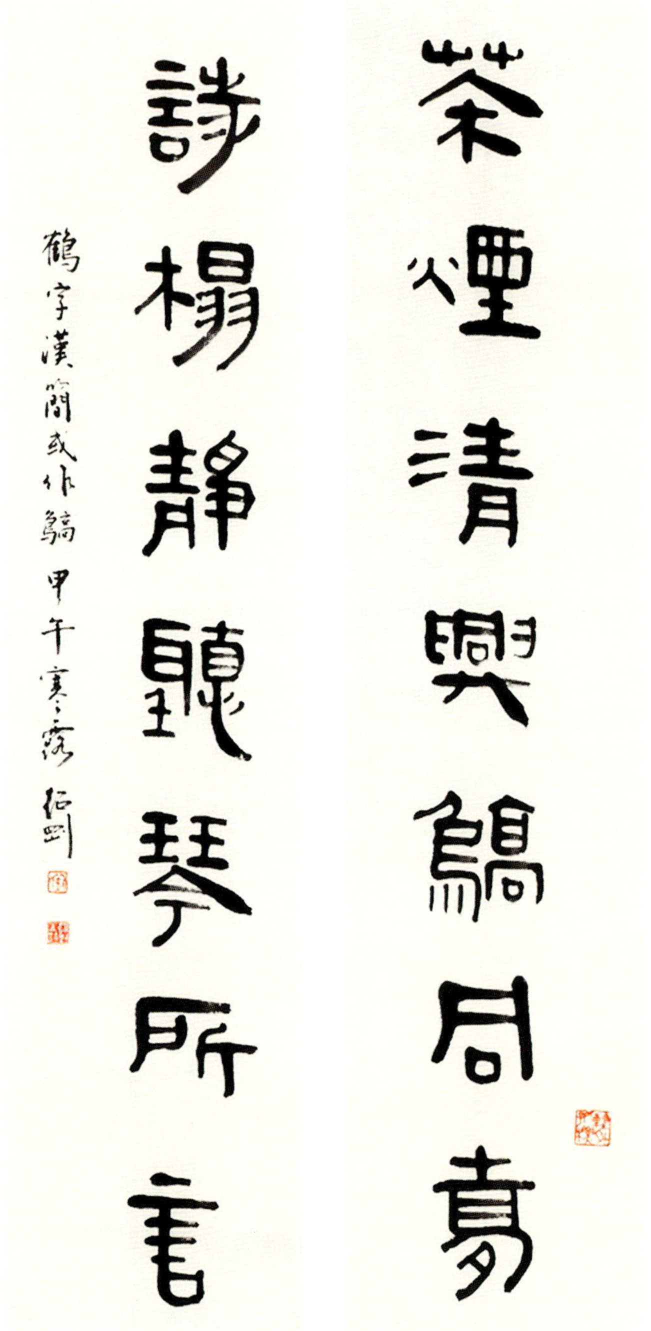

茶烟诗榻联

隶书

70 cm × 17 cm × 2

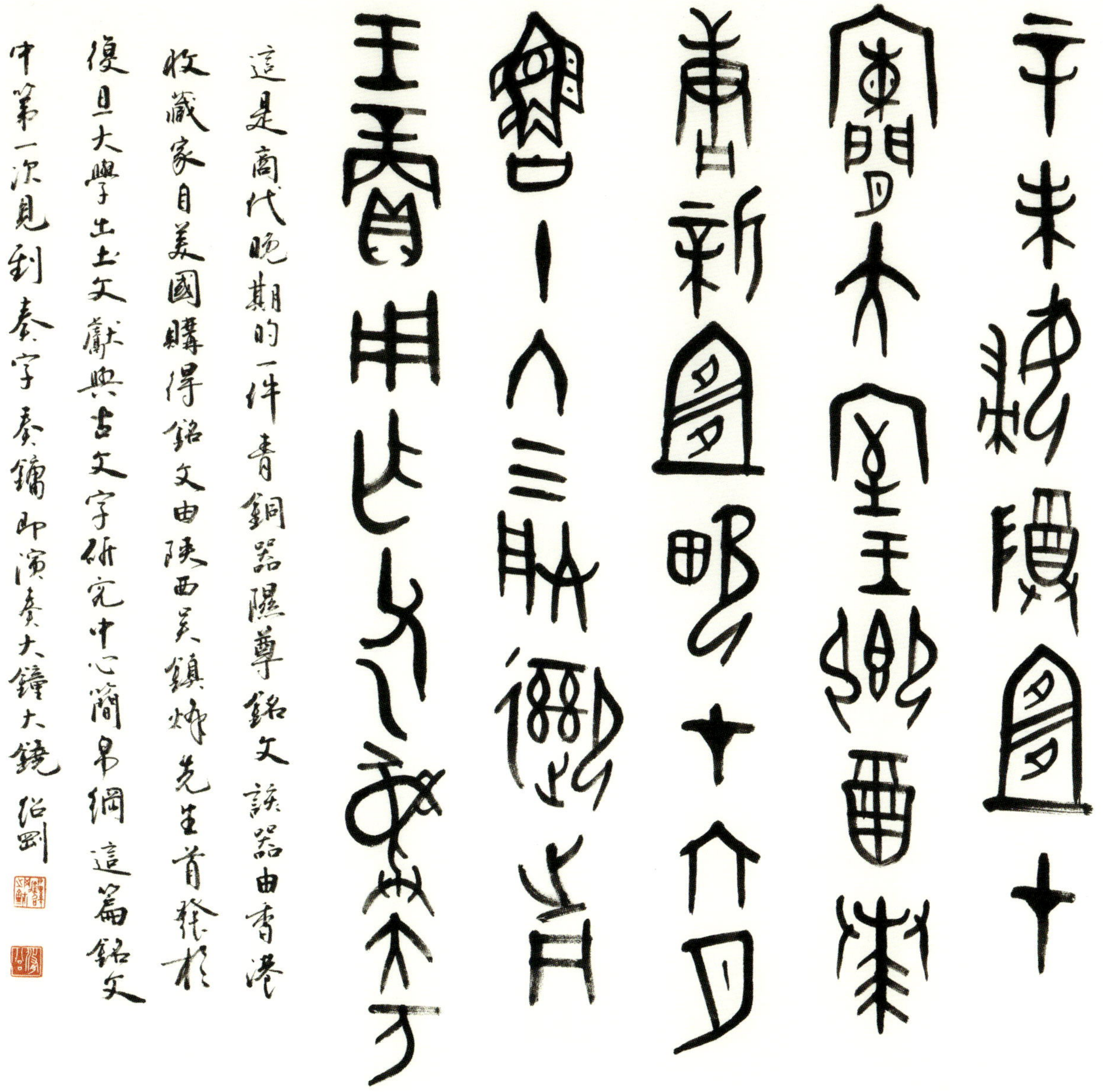

青铜器铭文

金文

68 cm × 68 cm

吕品田

1959年生于江西。中国艺术研究院研究员、博士生导师。现任中国艺术研究院副院长兼研究生院院长、国家非物质文化遗产保护工作专家委员会委员、传统村落保护和发展专家委员会委员、中国美术家协会理事及理论委员会副主任、中国工艺美术学会常务理事、中国民间文艺家协会理事等职。出版有《中国民间美术观念》、《中国民间美术全集》之《玩具卷》和《社火卷》、《中国传统工艺》等，发表大量学术论文和评论文章。曾获中宣部“五个一工程”奖、国家社科基金艺术学科一等奖。

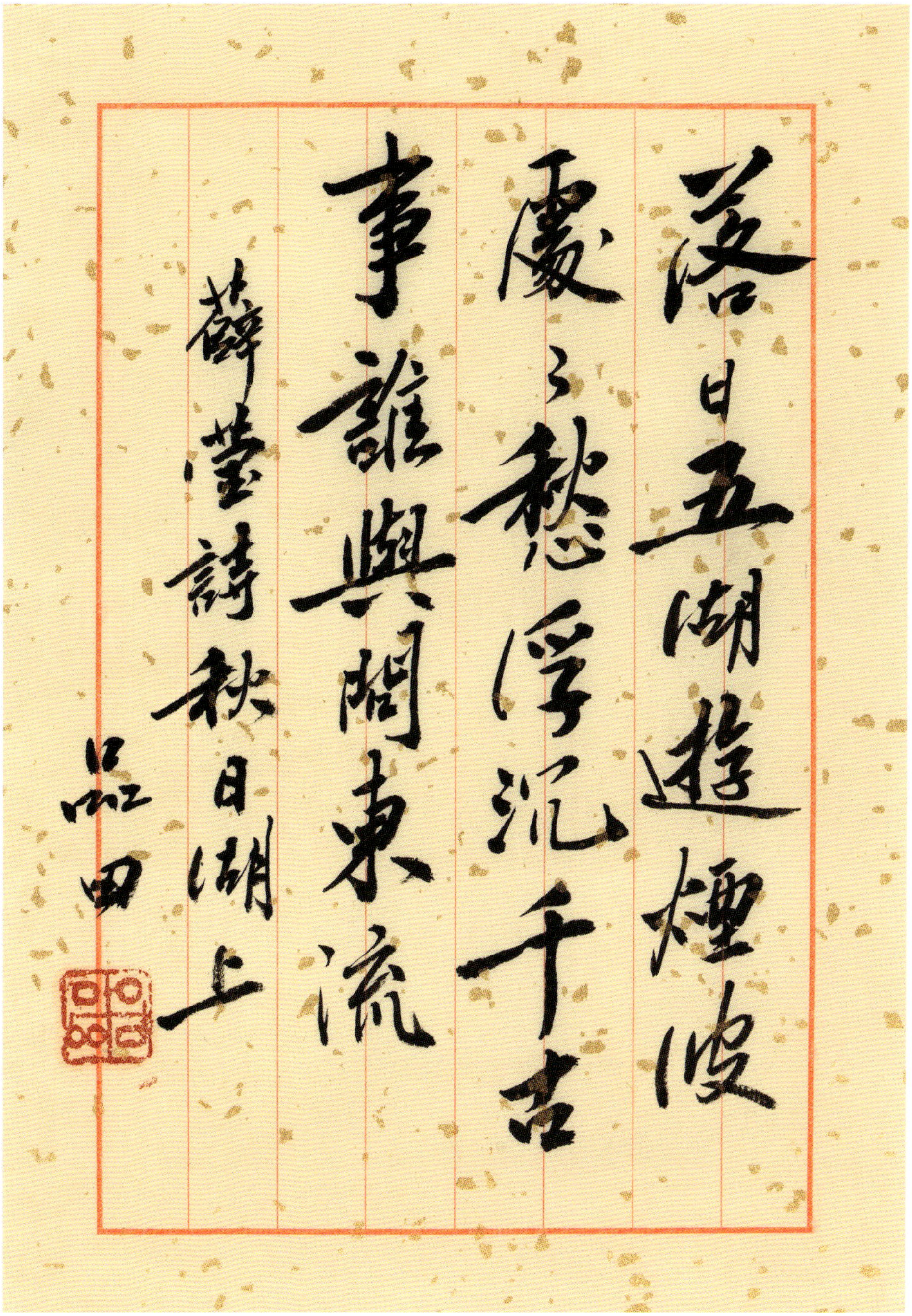

薛莹《秋日湖上》

行书

29cm × 18cm

杨华山

1959年生，山西省万荣县人。先后就读于西安美术学院、中央美术学院、首都师范大学书法院，获硕士学位。现为中国艺术研究院艺术创作院美术创作中心主任，教授，国家一级美术师，中国美术家协会会员，中华诗词学会会员。曾在美国、日本等地举办书画展览。应邀为人民大会堂、天安门城楼、中南海、钓鱼台国宾馆、毛主席纪念堂等创作巨幅画作。作品被国内外博物馆等文化机构收藏。出版有《杨华山诗书画作品集》、《学院派精英杨华山》等。

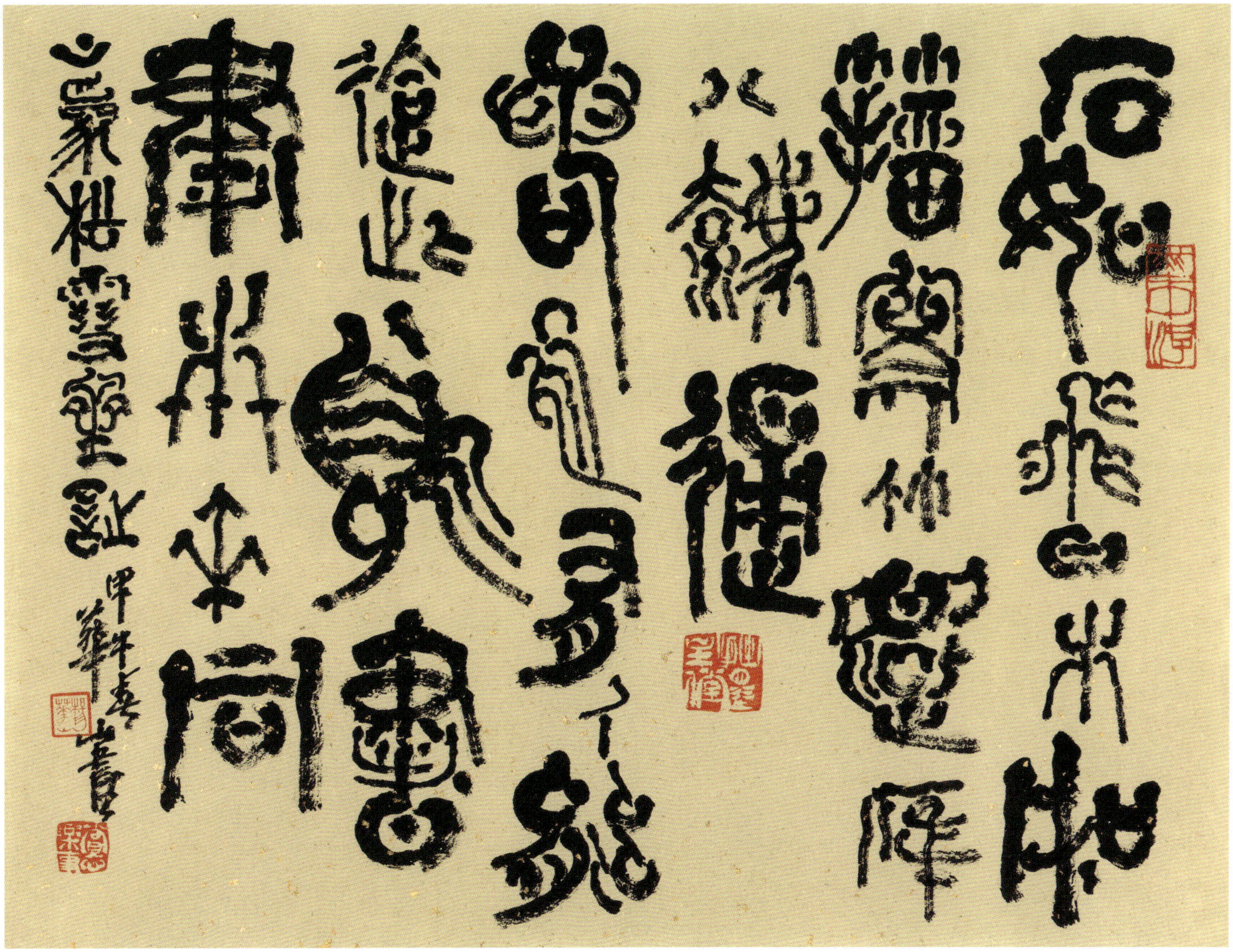

赵孟頫《秀石疏林图卷》题诗

草篆

36cm × 47cm

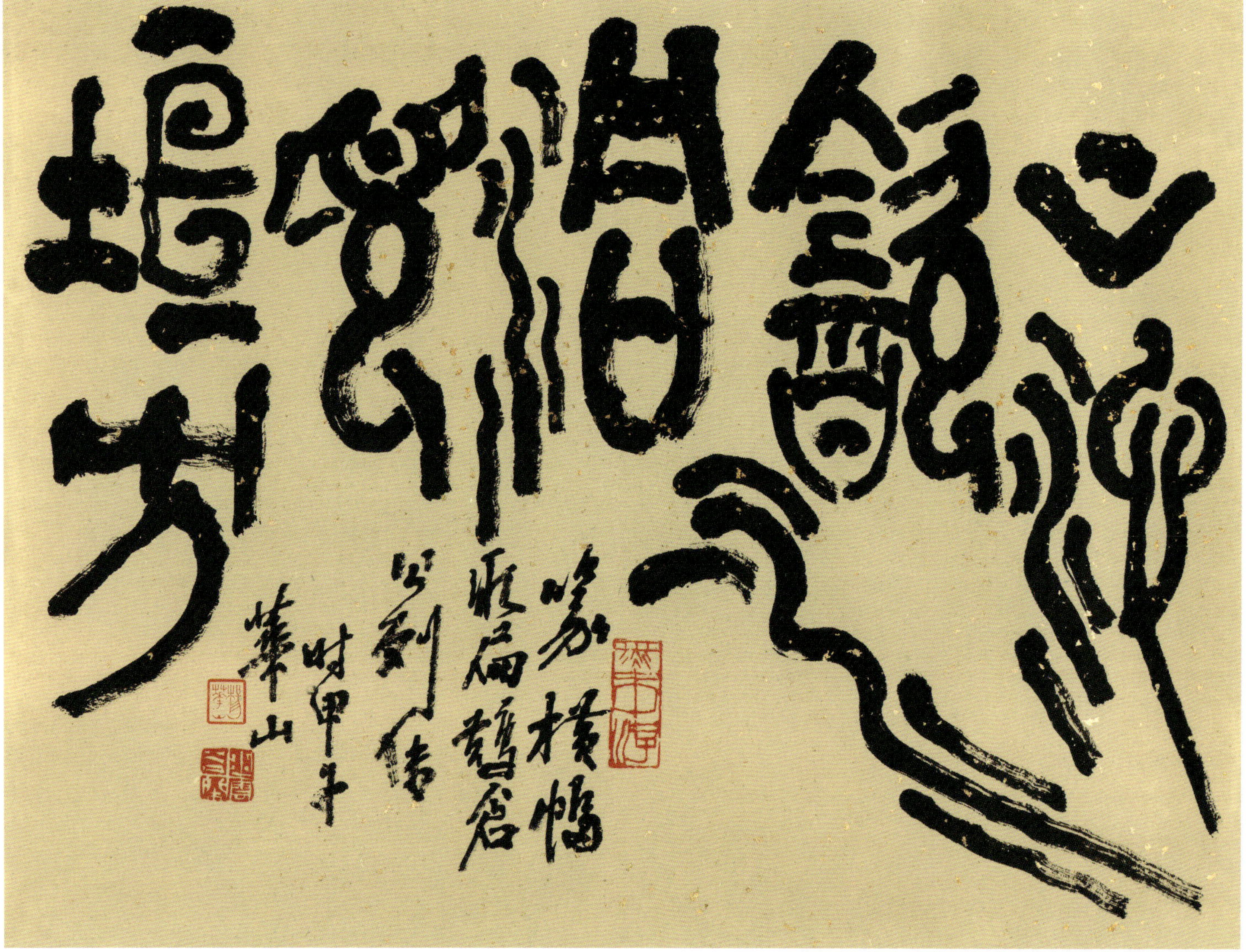

司马迁《史记·扁鹊仓公列传》句

草篆

36cm×47cm

对酌图

36 cm × 47 cm

李晓明

1959年生，祖籍河北任丘，现居北京。中国写意画研究院画家、中国美术家协会会员、中国艺术研究院艺术创作院特聘研究员。出版有《李晓明水墨花鸟》、《李晓明水墨艺术》、《中国画名家——李晓明》、《名家名画——李晓明写意花鸟作品》等。

花卉（一）

41cm × 41cm

花卉（二）

41cm × 41cm

花卉（三）

68cm × 68cm

付永强

1960年生于福建福州，籍贯山东。师从潘主兰先生，署“小素心斋主人”，别署“卜堂”。现为福州市美术馆馆长，国家一级美术师，西泠印社社员，中国书法家协会会员，福建省书协副主席。

集《易经》句

甲骨文

40.5cm×40.5cm

百年西泠人

印拓

2.8cm×2.8cm

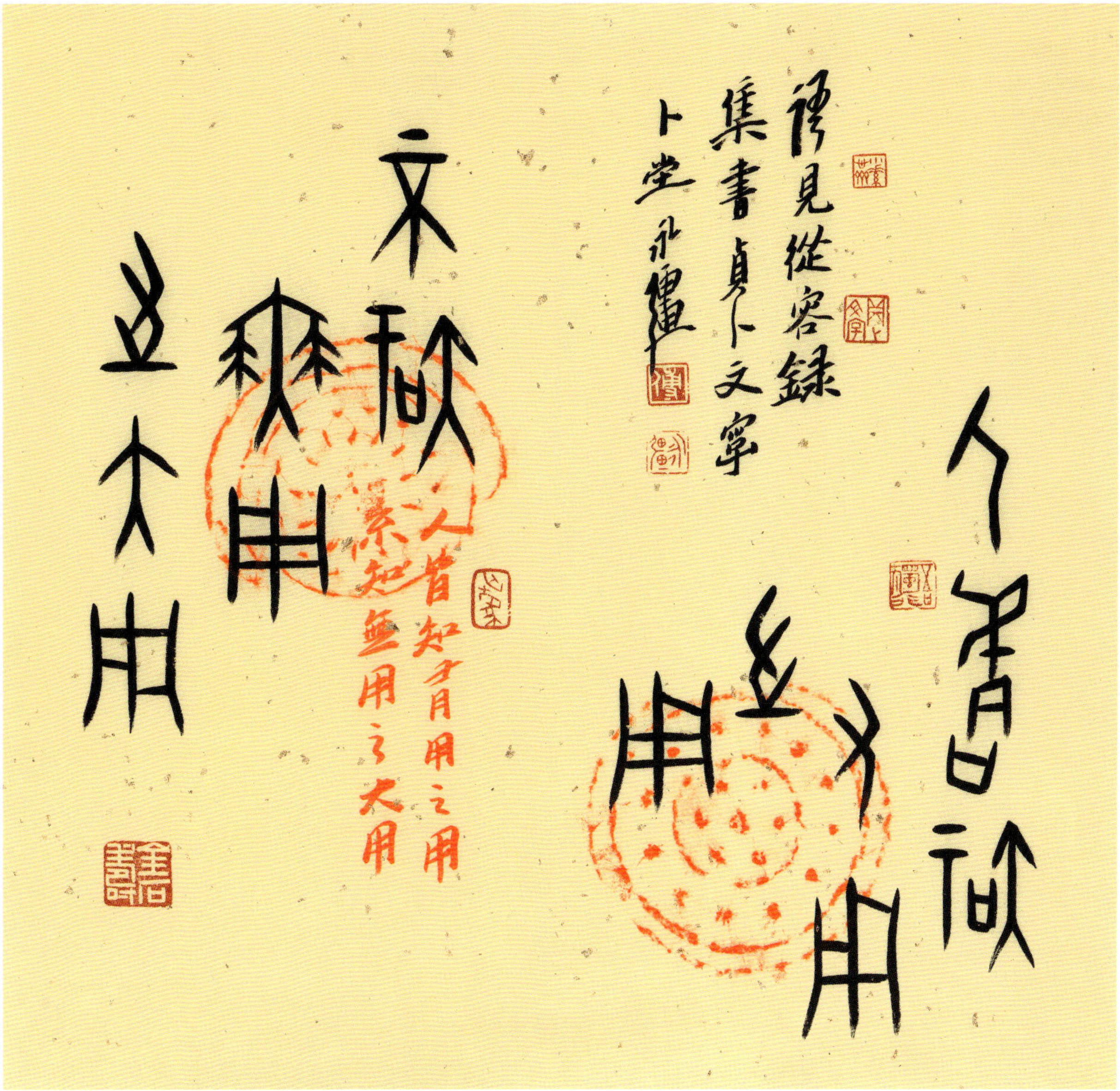

集联

甲骨文

40.5cm×40.5cm

王亚雄

1961年生于北京，祖籍山东。斋号十泉人家、燕语小筑、雅园等。师从黄苗子先生，获美术教育学硕士学位。现供职于中国艺术研究院艺术创作院美术创作研究中心副研究员。

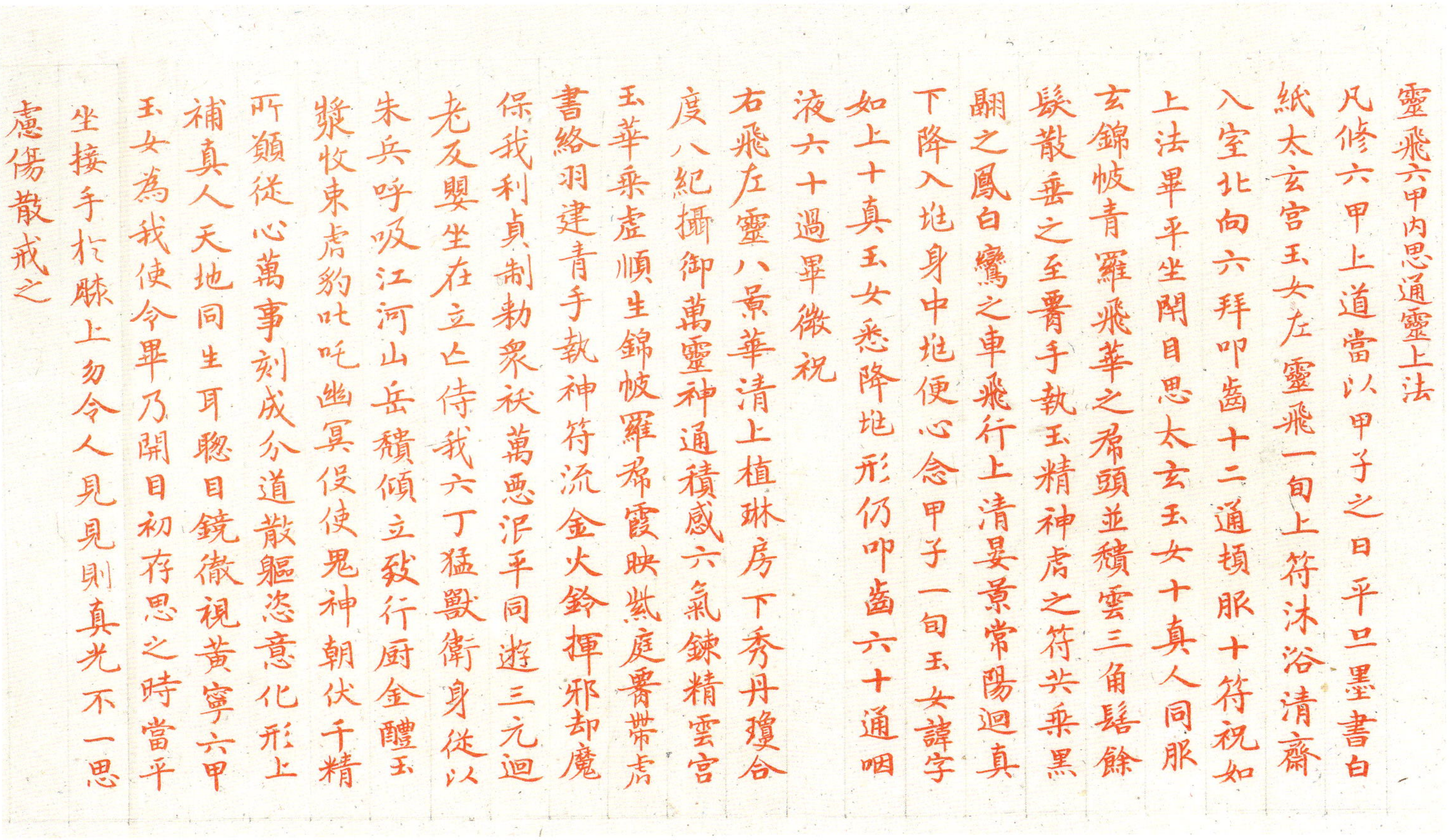

临《灵飞经》（局部）

小楷

31cm × 370cm

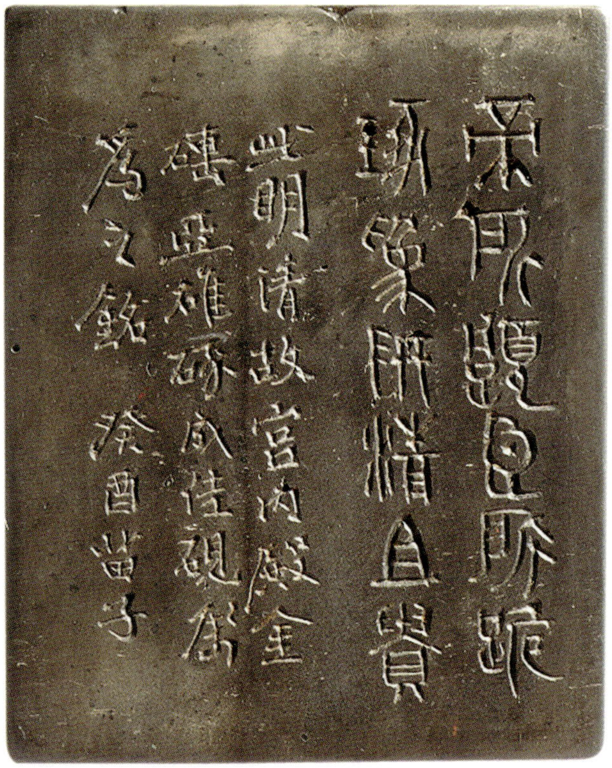

良金

砚

11cm × 5cm × 9cm

为梅舒适先生制砚

墨拓

58 cm × 40 cm

徐　俊

1961年生，江苏扬中人。毕业于南京大学中文系。现任中华书局总经理、编审。出版有《敦煌诗集残卷辑考》等。

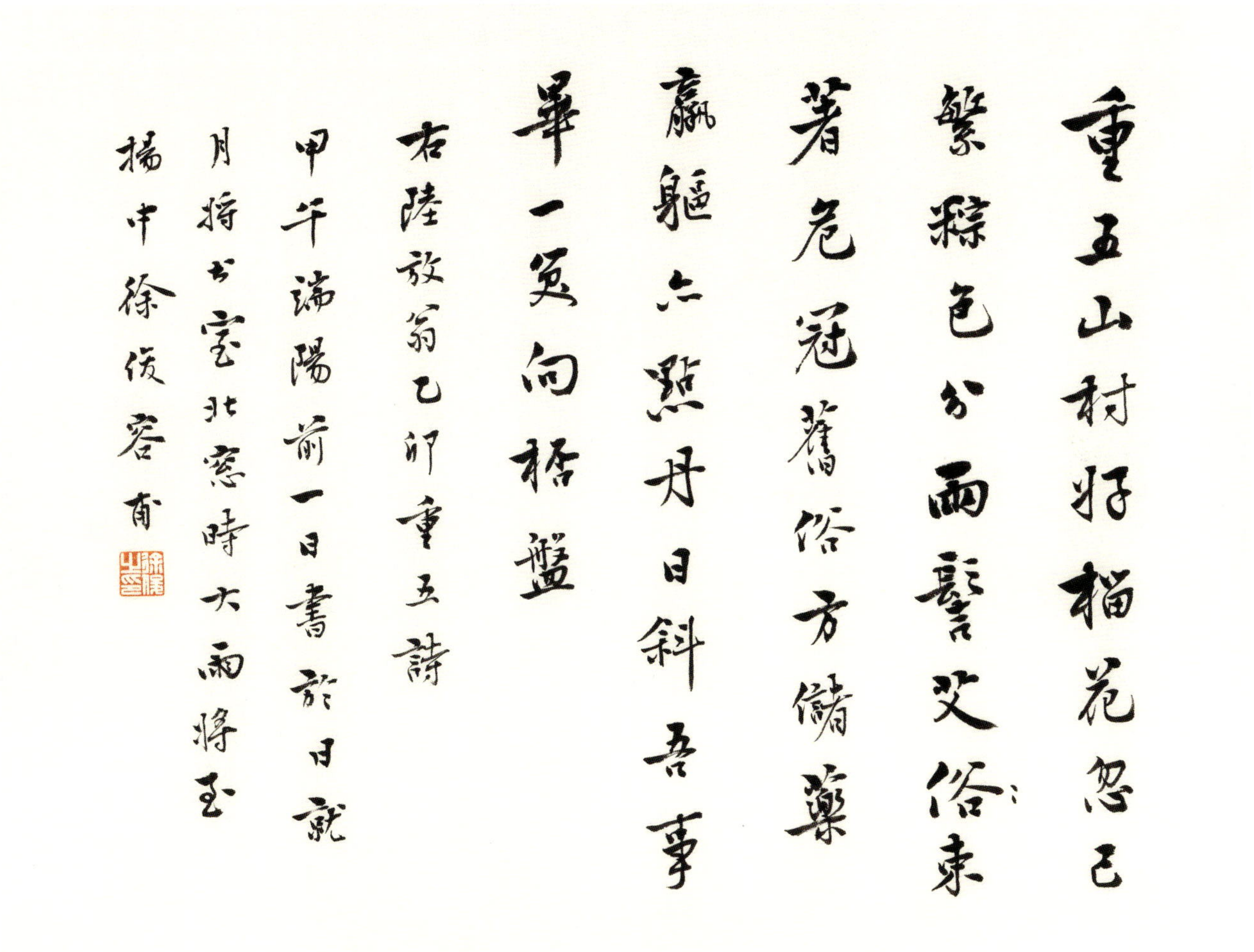

陆放翁《乙卯重五诗》

行书

36cm × 46cm

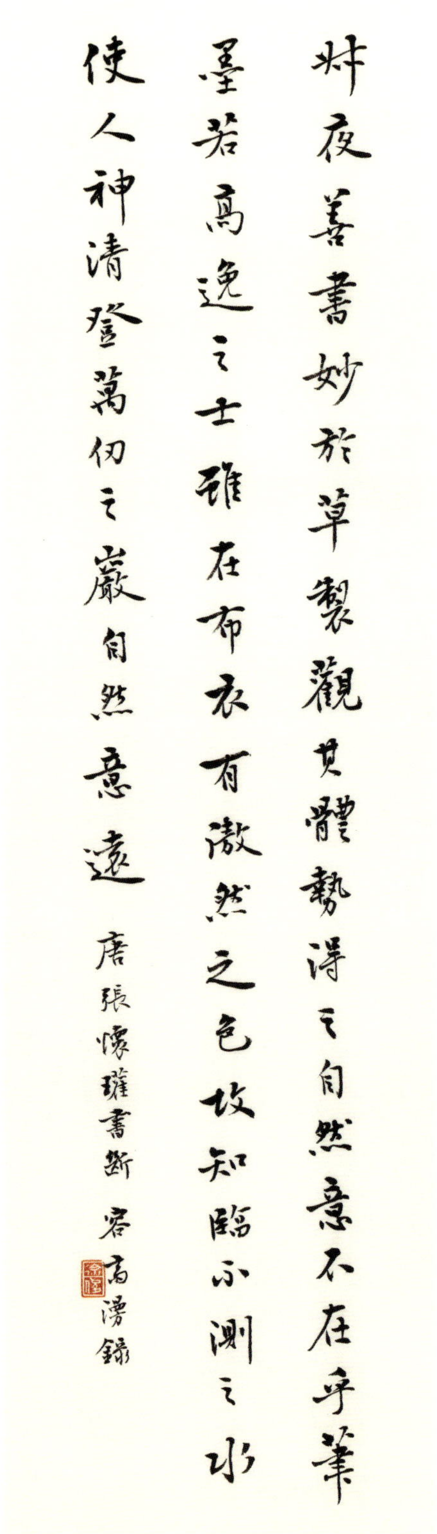

张怀瓘《书断·序》

行书

70cm×20cm

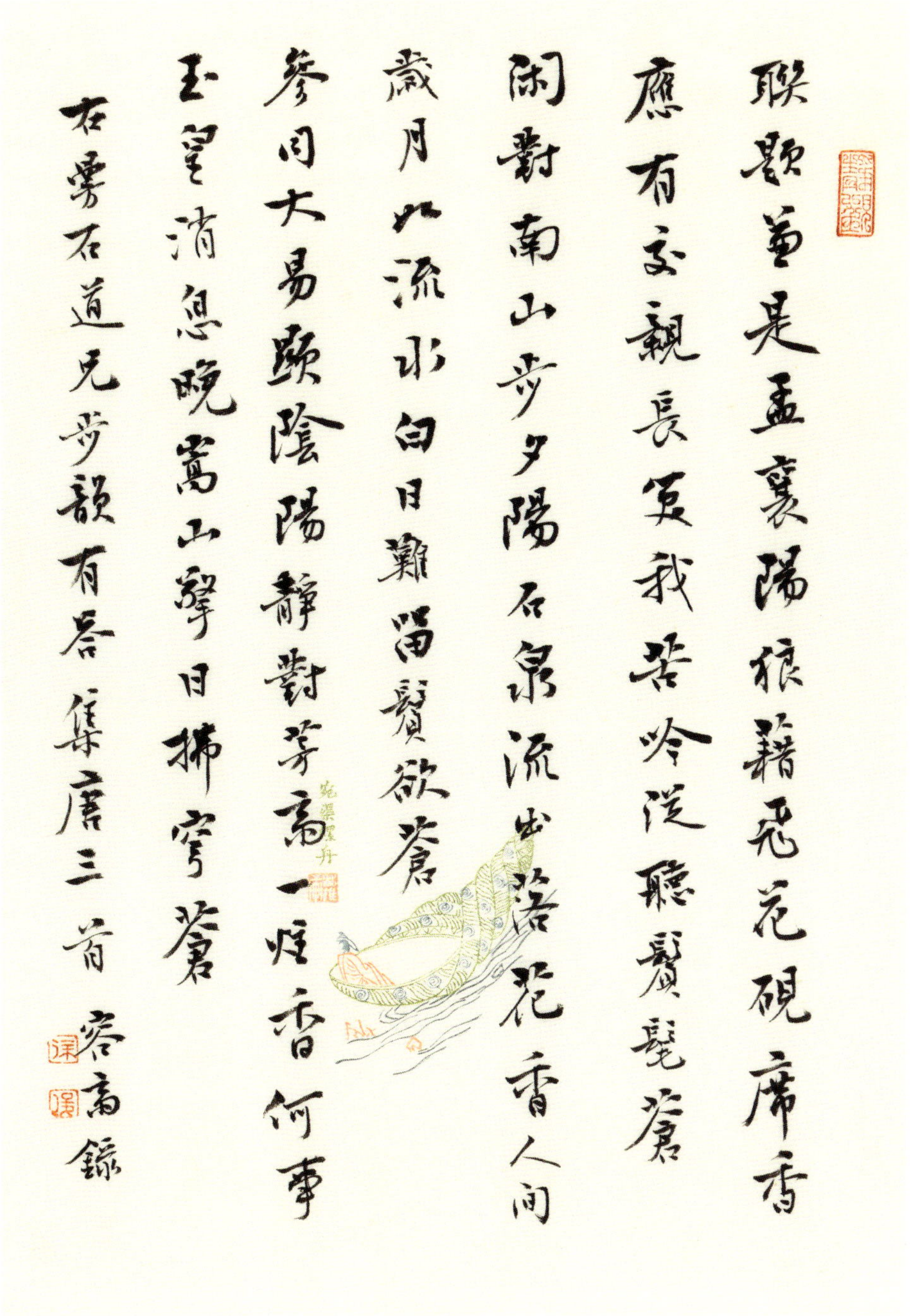

集唐三首

行书

32 cm × 22 cm

赵文江

1962 年生于北京。先后获浙江美术学院（今中国美术学院）学士学位，日本国立奈良大学硕士学位，中国美术学院美术学博士学位。现为中国艺术研究院艺术创作院特聘研究员、中国美术家协会会员、北京印社社员、杭州画院特聘画师、浙江省中国文化研究会研究员、中国美术学院国际教育学院客座教授。

秦岭烟霞

39cm × 39cm

太行南麓石屋村

65cm×37.5cm

王莽岭途中

65cm×37.5cm

林　维

笔名大惟，别署崇德居主人。祖籍福建连城。师从闵学林、顾震岩、郭怡孮、薛永年教授。现供职于中国艺术研究院美术创作中心。油画和中国画作品多次参加学院、地方及全国各类画展。出版有《学院派精英——林维》、《大道知行——中央美术学院博士精品集·林维》等。

长春图

68cm × 35cm

荷塘清趣

68 cm × 35 cm

竹禽图

68 cm × 35 cm

李洪啸

1962年生。北京诗词学会理事。曾参加国内外书法展二十余次。出有印谱类书七种，发表相关论文十余篇。

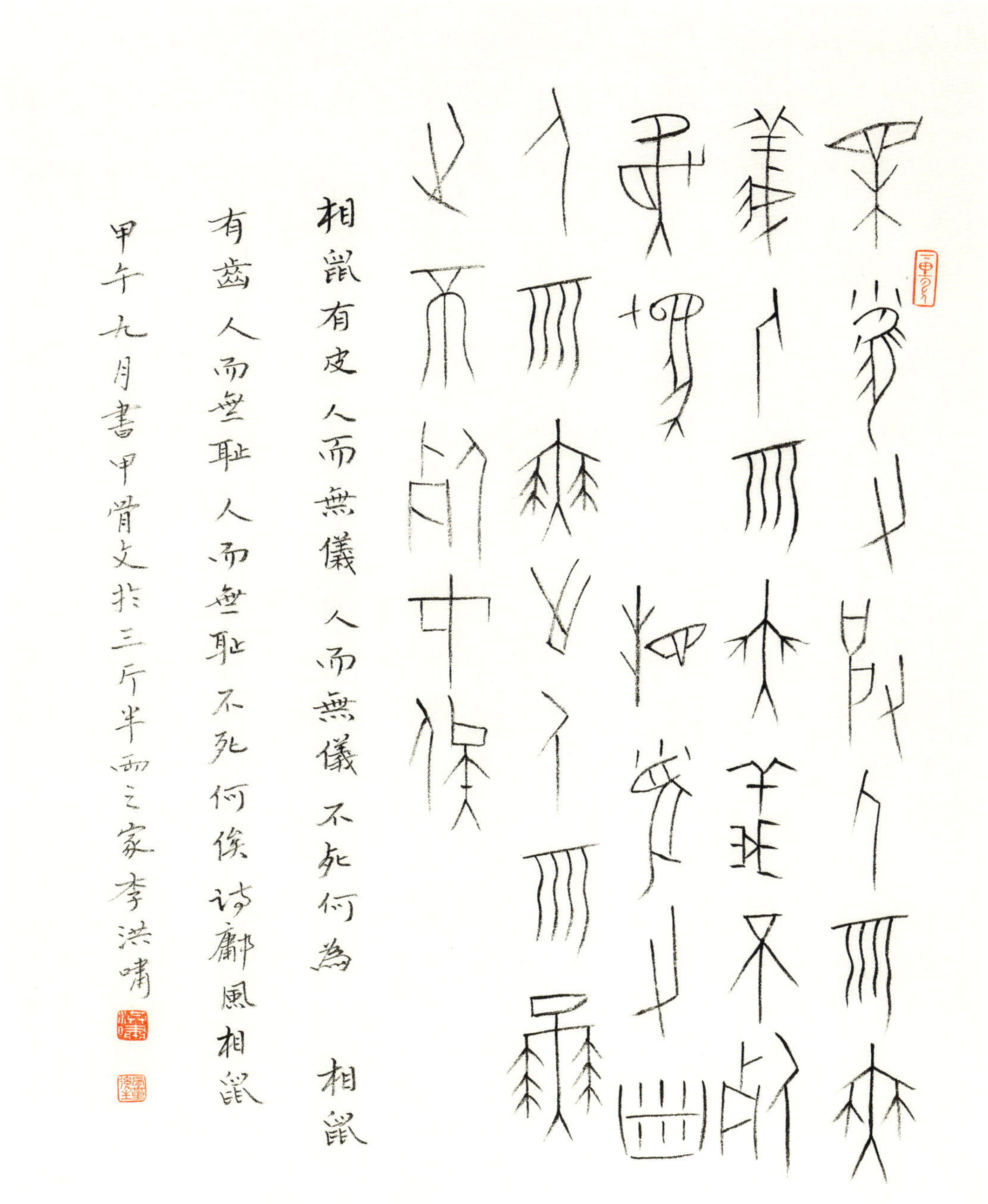

集句

甲骨文

48cm × 35cm

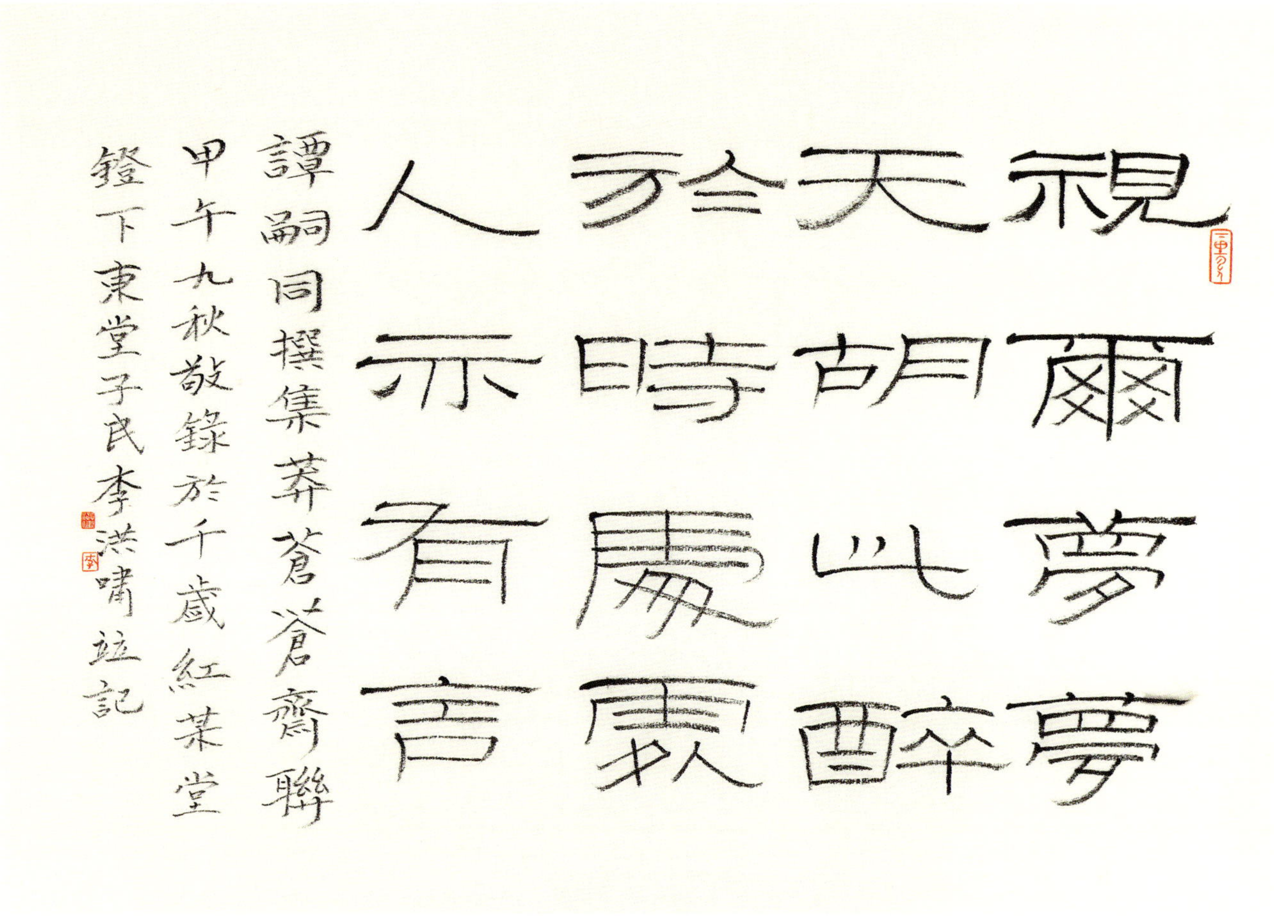

录谭嗣同句

隶书

35cm × 48cm

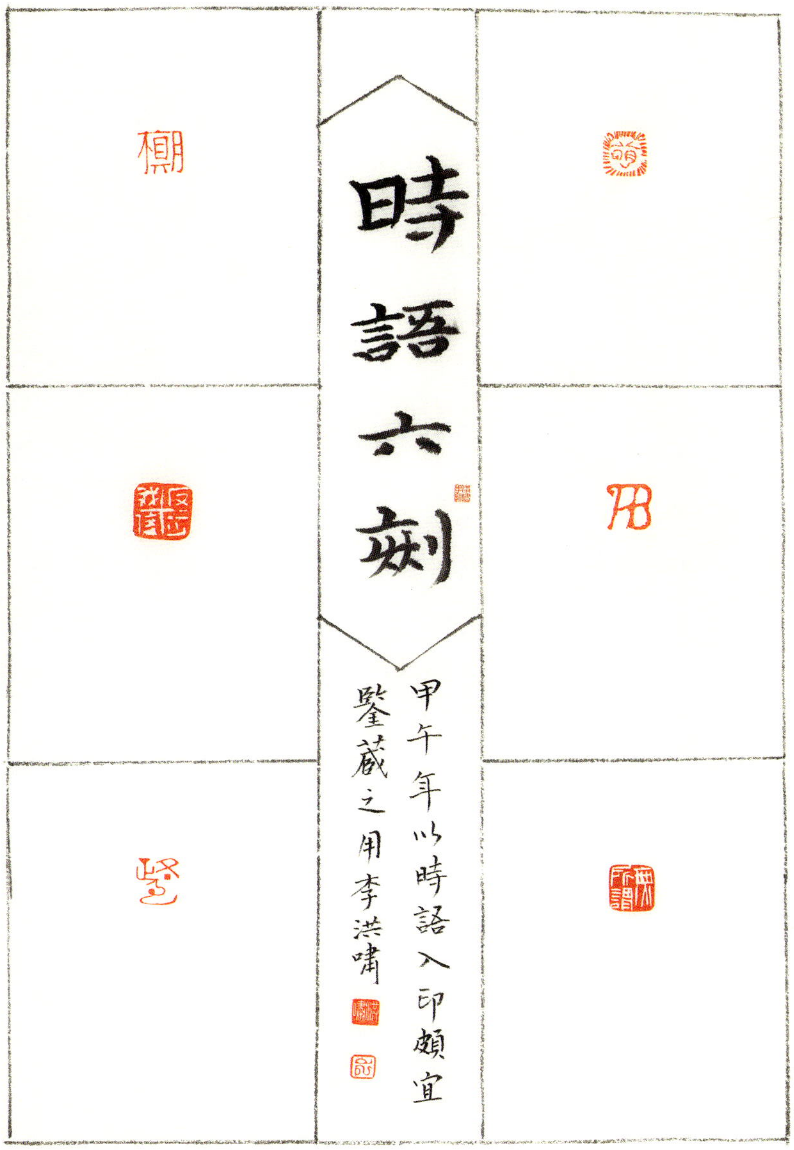

时语六刻

印拓

48 cm × 35 cm

张龙新

生于江苏连云港。毕业于中央美术学院油画系第十三届研究生课程班。现供职于中国艺术研究院。

长城组画之一

68 cm × 46 cm

长城组画之二

68 cm × 46 cm

长城组画之三

68 cm × 46 cm

刘 石

1963年生，四川大邑人。现任清华大学人文学院副院长，中文系主任、教授、博士生导师。青年时代师从徐无闻先生，后北上从启功先生攻读博士学位。出版有《书法与中国文化》、《苏轼词研究》、《有高楼杂稿》、《有高楼续稿》等。

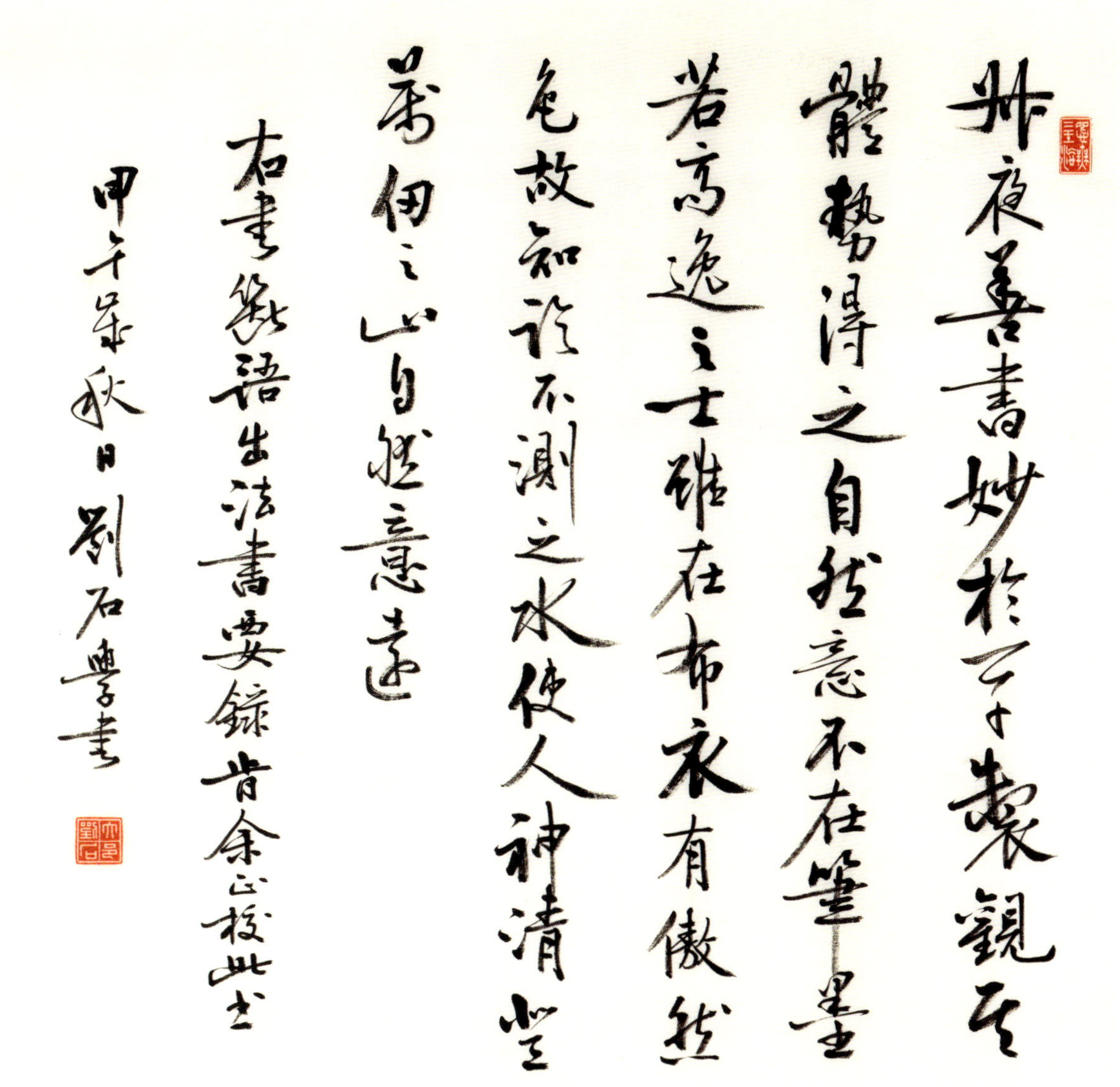

张彦远《书法要录》

行书

60cm × 60cm

陆　灏

1963年生，上海人。毕业于上海复旦大学中文系。现任上海《文汇报》编辑。出版有《东写西读》、《看图识字》、《听水读抄》等。

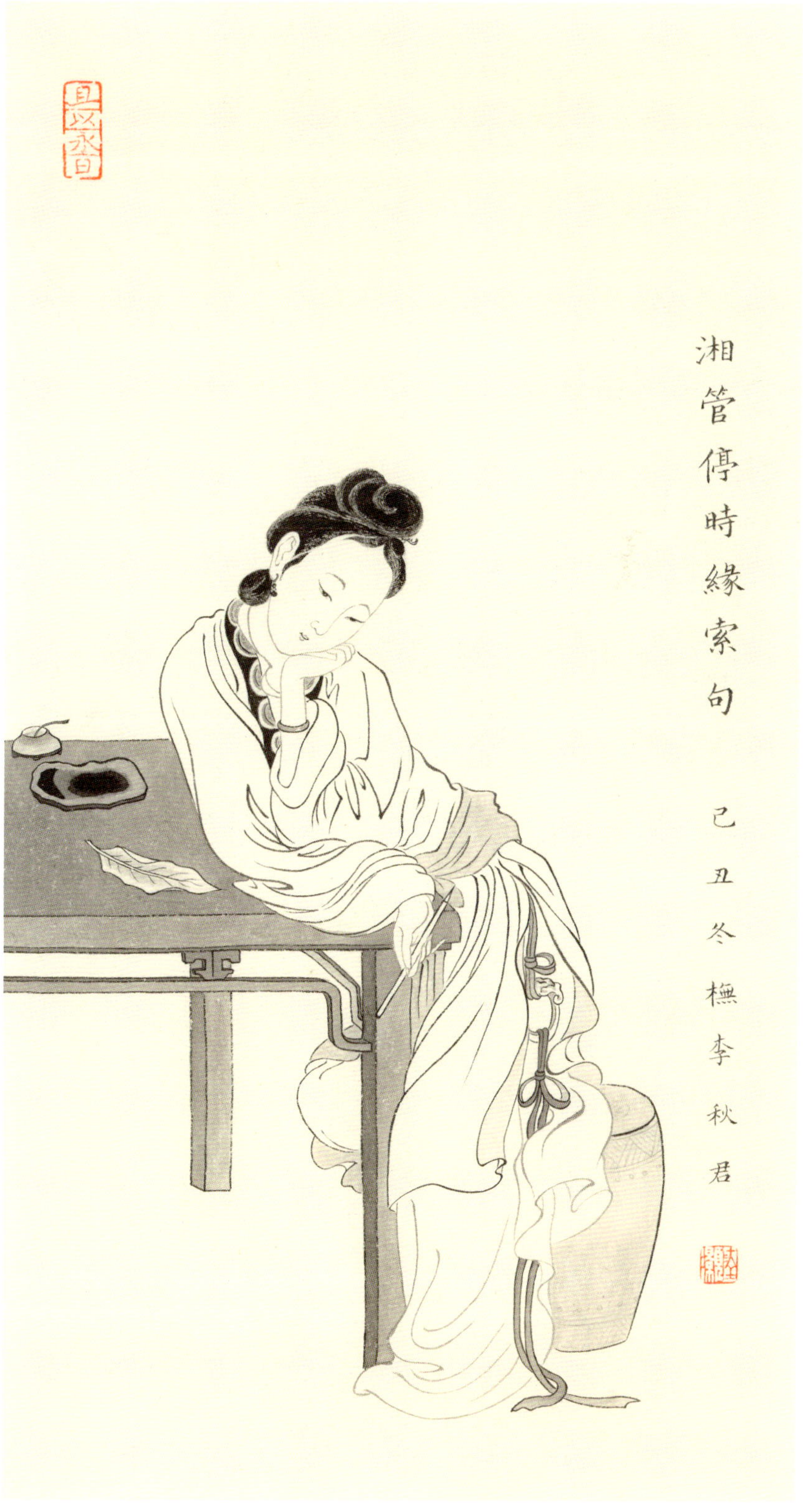

李秋君

39cm × 20cm

人物

28cm × 28cm

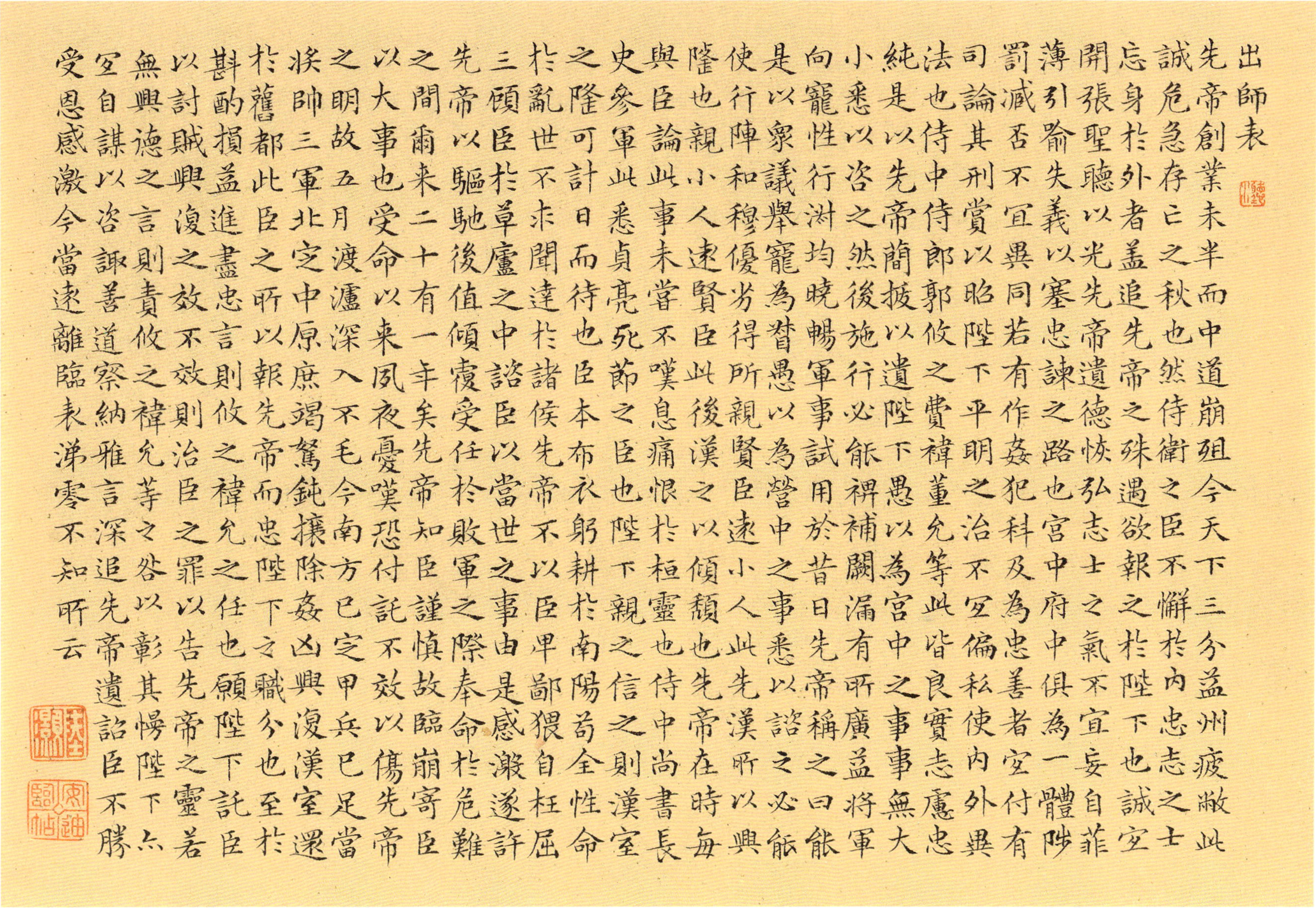

诸葛亮《出师表》

小楷

24 cm × 34 cm

余每見即之好用秃筆令觀
此書骨力健劲精采煥發大
類安國所書盧坦河南尉碑
豈所謂傳其家學者邪誠不
易得也吾友湯君子重出示
遂跋其大畧如此嘉靖乙未
八月文徵明書

癸巳三月十八一窗晴
日試新得之江東春雲
絹紋宣帋臨文衡山張
即之書汪氏報本庵記
跋陸灝習字於海上聽
水書屋

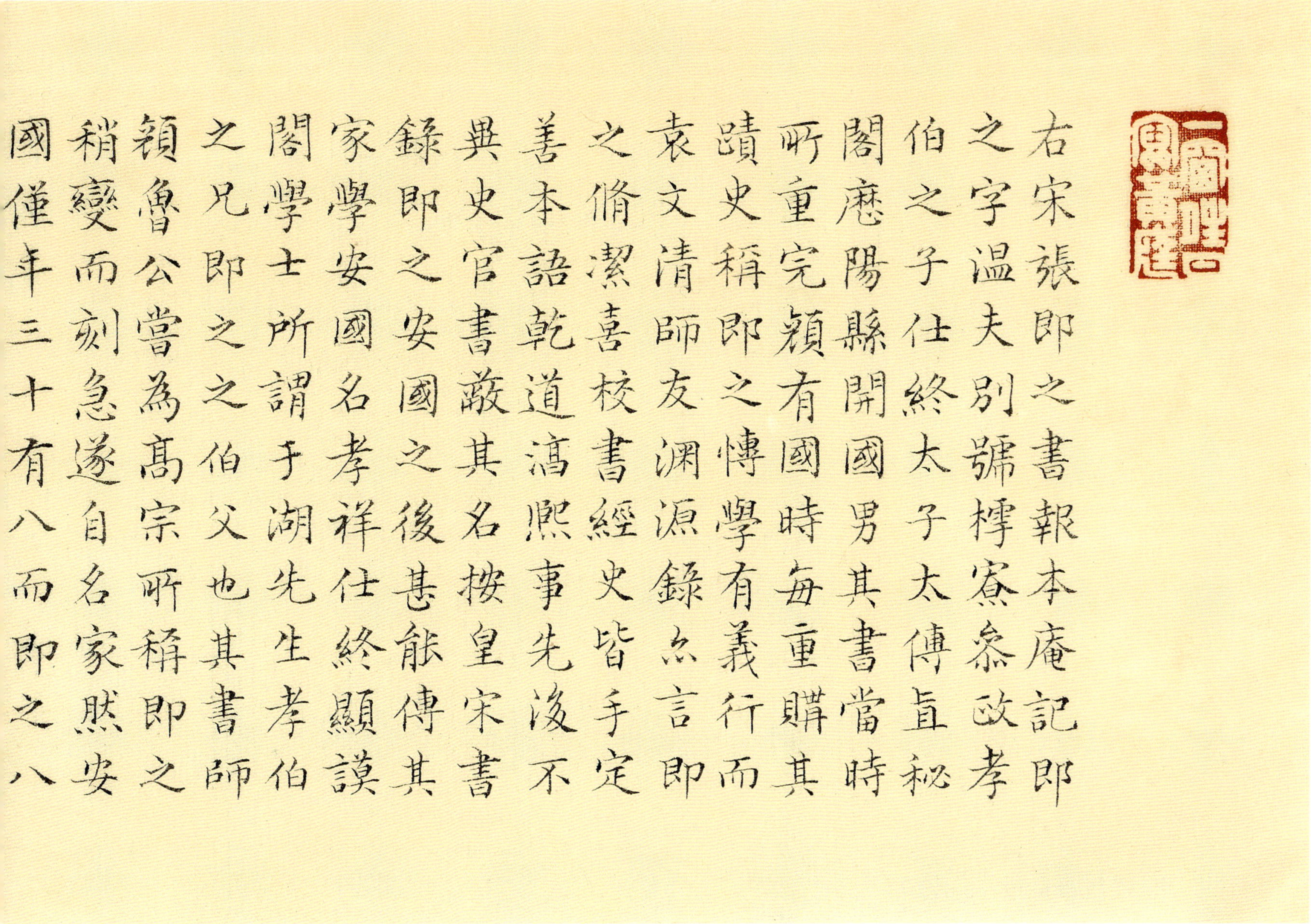

文征明《汪氏报本庵记》跋

小楷

15cm × 42.5cm

洪　潮

号云门山人。1964 年生，安徽宁国人。先后就读于中央美术学院国画系、中国艺术研究院硕士研究生班。现为中国艺术研究院艺术创作院特聘研究员、文化部青联美术工作委员会委员、北京东方山河画院院长、中国美术家协会会员、中国楹联学会会员。先后在中国美术馆、山西美术馆、河北画院和美国洛杉矶、日本福冈、北京大学等地举办个人画展并讲学。应邀为中南海、中国澳门特区政府、中国台湾海基会等创作作品，部分作品作为国礼赠予意大利、英国、日本、泰国等政要。

晨露满山居

69cm × 46cm

浮云任来去

46cm × 46cm

倚松伴云起

60cm × 60cm

管　峻

1964年生于江苏省滨海。现任中国艺术研究院中国书法院院长，江苏省国画院副院长兼江苏省书法院执行院长，中国书法家协会理事、隶书委员会委员，中华文化促进会理事，全国青联志愿者协会理事，江苏省青联常委，江苏省国际文化交流中心理事，江苏省海外联谊会理事，余秋雨大师工作室特聘研究员，国家一级美术师，江苏省德艺双馨艺术家。2012年获“中华文化人物”提名奖。

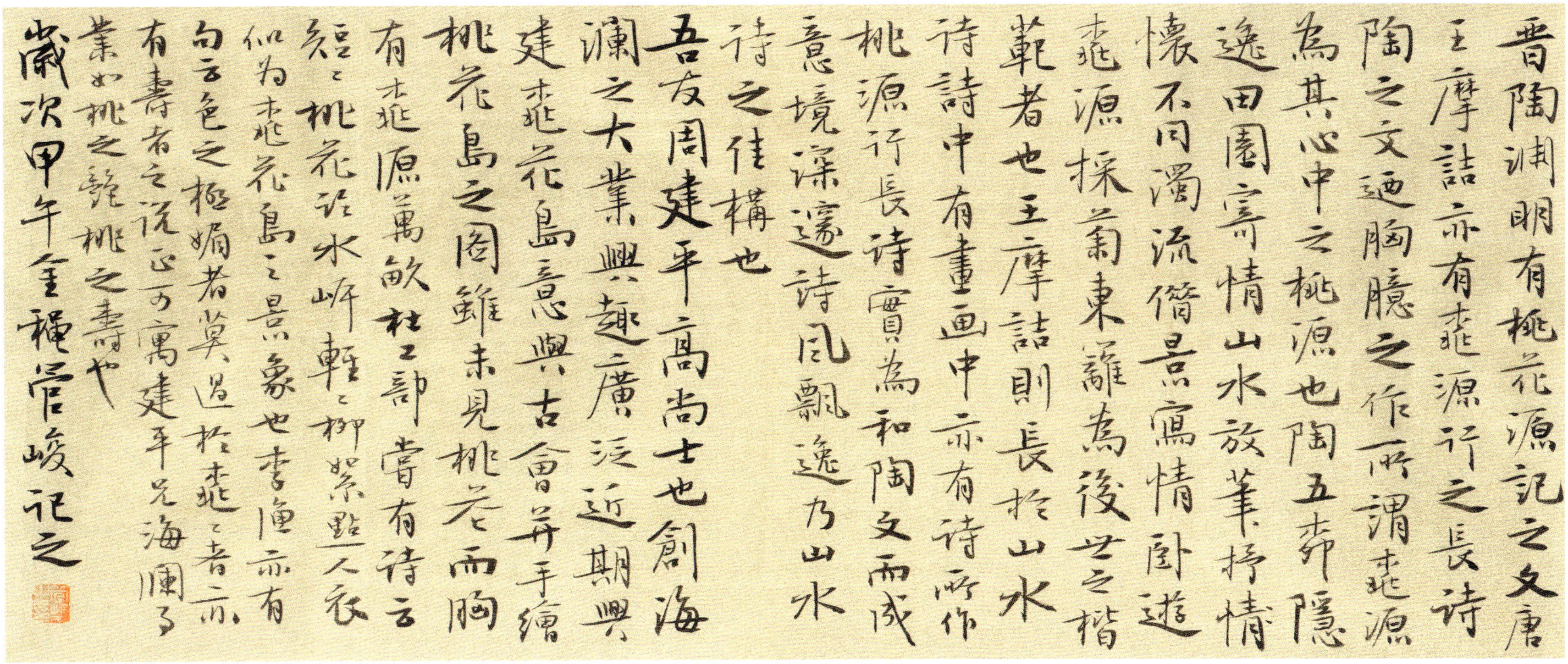

管峻记事

小楷

25.5cm × 60cm

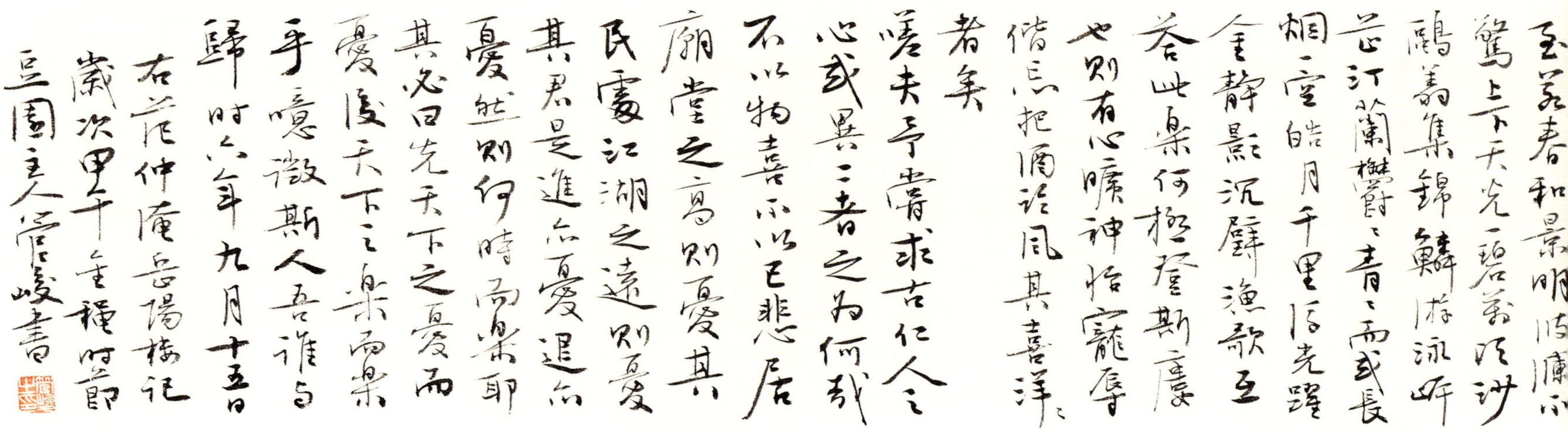

范仲淹《岳阳楼记》

小楷

17cm × 133.5cm

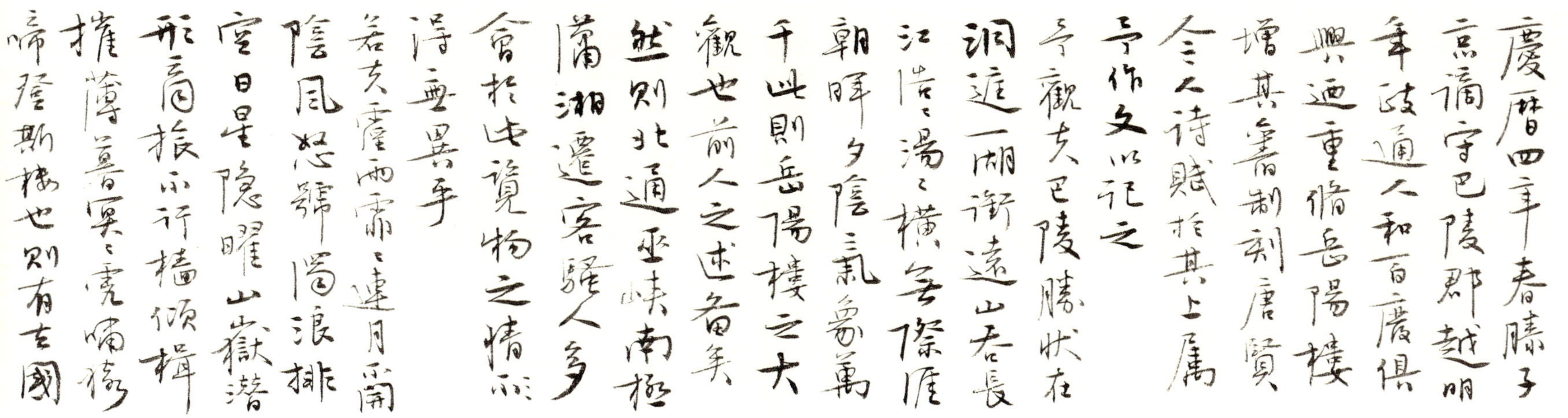

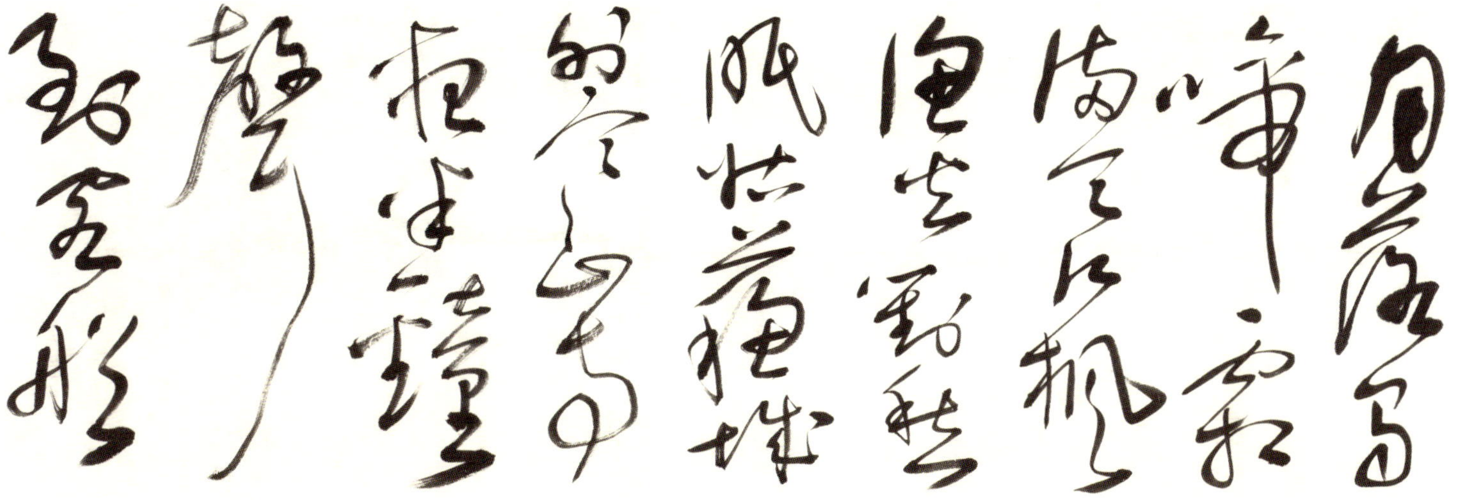

张继《枫桥夜泊》

草书

29cm × 99.5cm

杨京豫

中国书法家协会会员，国家二级美术师，副教授。作品多次入选国内外书画展并多次获奖。编撰《书法艺术》作为河南省中小学教科书。

蝉

楷书

43cm × 43cm

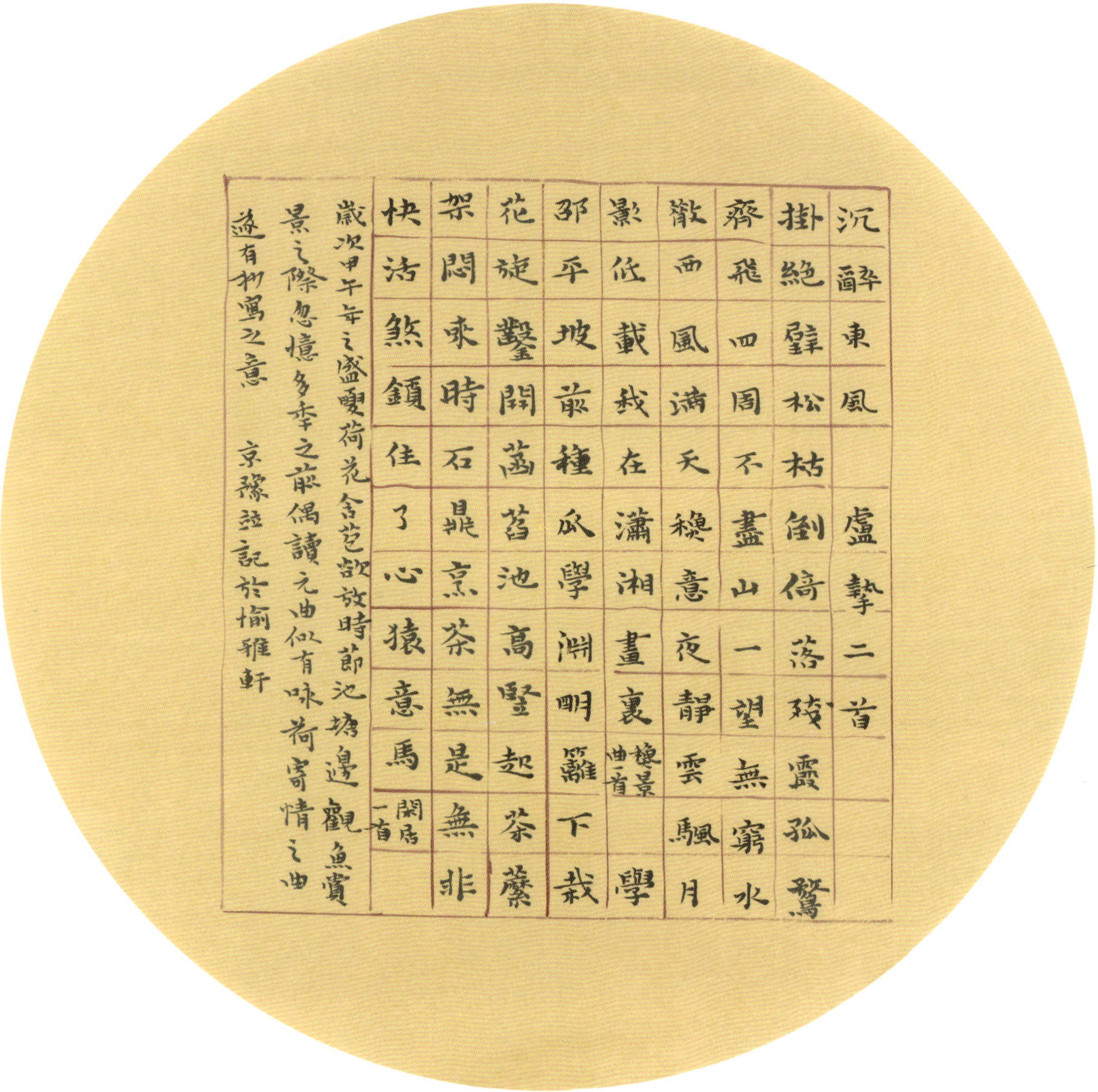

卢挚《沉醉东风》

楷书

40cm × 40cm

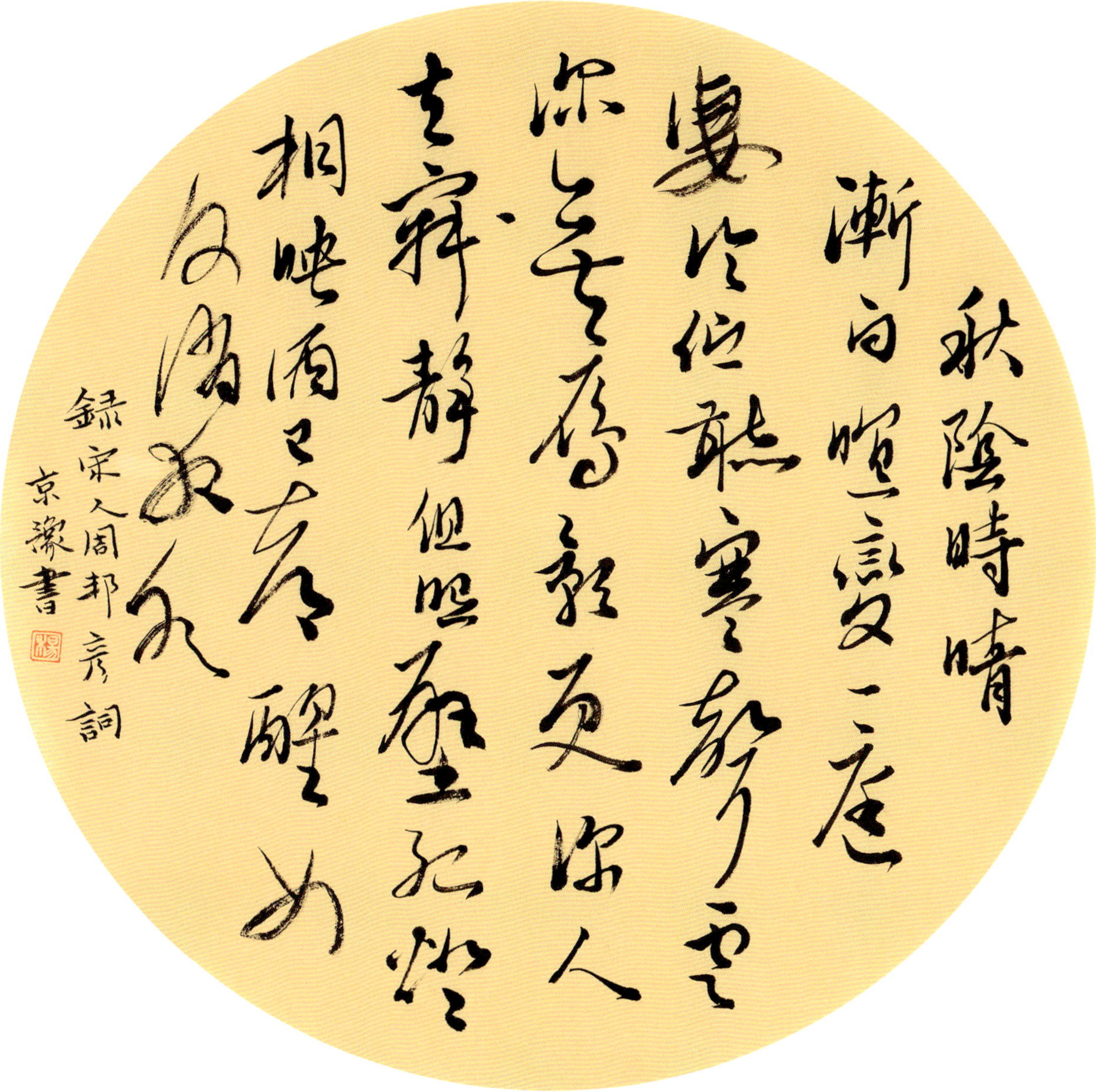

周邦彦《关河令》

行草

40cm × 40cm

孟庆占

1965 年生于天津。1990 年毕业于天津美术学院。现为中国艺术研究院艺术创作院特聘研究员、中国美术家协会会员、天津美术家协会理事、天津市政协委员、天津市德艺双馨艺术家。代表作有《麻田秋晓》、《乐土》等。

南国印象之一

33cm × 33cm

南国印象之二

33 cm × 33 cm

南国印象之三

33cm × 33cm

吕子真

号兰居士，居号兰堂。安徽汝南人。北京民俗博物馆艺术总监、展览陈列部主任，艺术策划人。

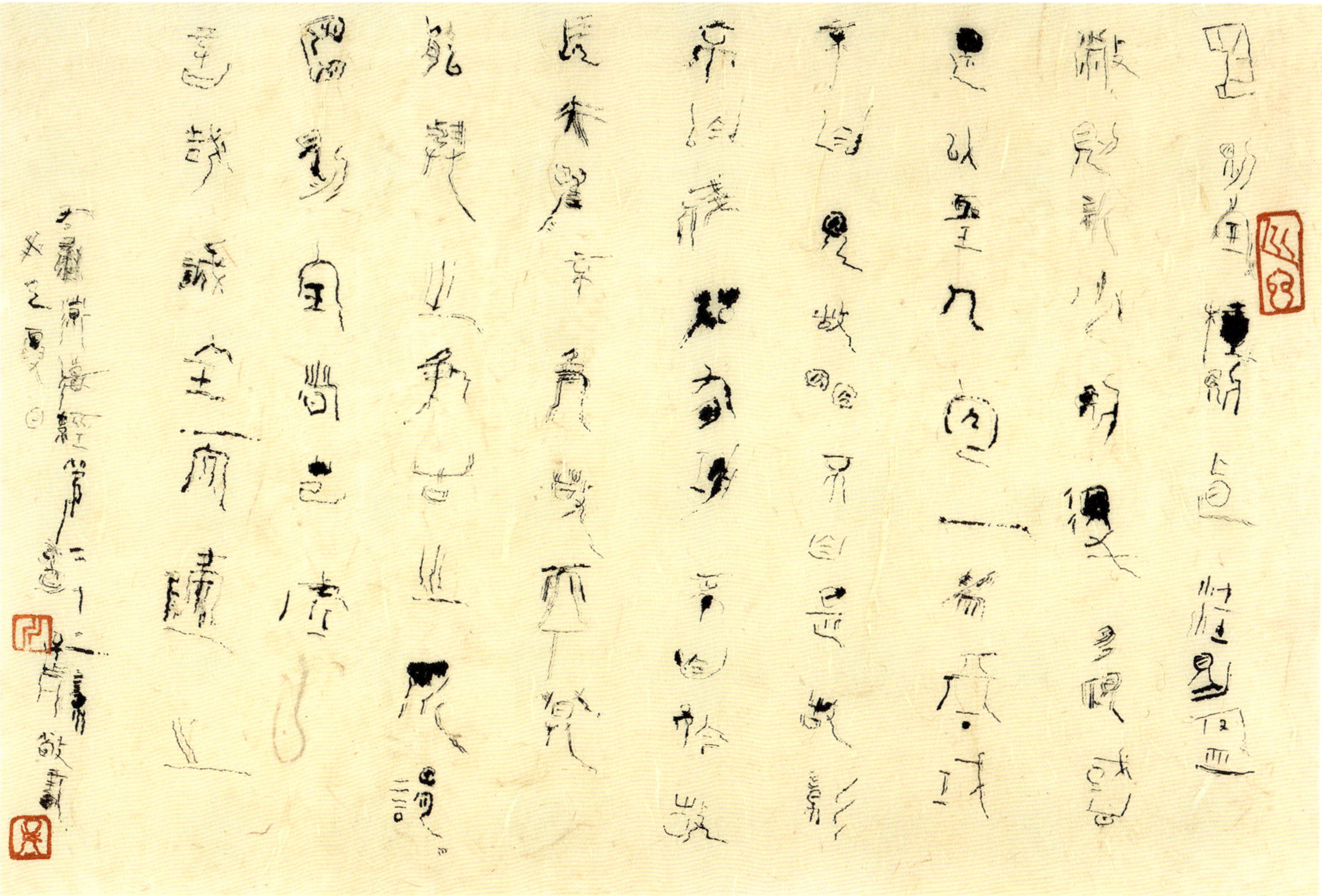

老子《道德经》

草篆

15cm × 70cm

无中生有

印拓

7.5cm×7.5cm

真观

印拓

9cm×9cm

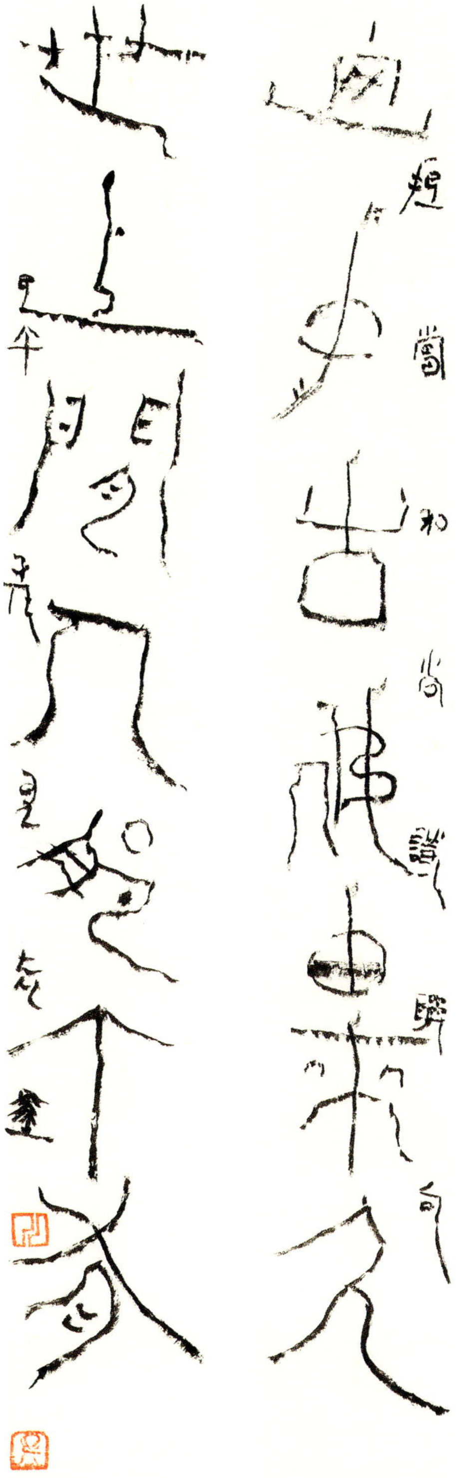

山中古佛由来久　世人闲人哪个有

篆书

62cm × 8cm × 2

崔自默

艺术史学博士。现为中国艺术研究院艺术创作院美术创作中心创作员、国防大学书画研究院院长。曾荣获联合国教科文民间艺术国际组织（IOV）“文化艺术特别成就奖”，当代“新国学”运动主要践行者。发明“默纸”，倡导“慢步主义”（Sysism）。艺术创作包括书法、篆刻、国画、油画、瓷器、雕塑、装置、漫画、摄影及寓言、诗歌、散文、随笔等。出版有《为道日损》、《章草艺术》、《得过且过集》、《心鉴》等。

大好林泉（一）

150cm × 50cm

大好林泉（二）

150cm × 50cm

大好林泉（三）

150cm × 50cm

夏北山

名冰，字北山。1968 年生于河南固始。先后毕业于中央美术学院、北京大学。曾为中国农工民主党中央文化委员会副主任。现为中国艺术研究院中国画名师工作室主任、艺术创作院美术创作研究中心创作员，文化部“群星奖”美术、书法评审委员，文化部“中国书画艺术之乡”评审委员，中国美术家协会会员。

桃源文章（一）

58cm×83.5cm

桃源文章（二）

58cm × 83.5cm

桃源文章（三）

58cm×83.5cm

李晓松

1968 年生于山东淄博。先后就读于北京画院王文芳艺术工作室、中国国家画院龙瑞艺术工作室等。中国艺术研究院艺术创作院美术创作研究中心特聘研究员、中国人民大学特聘教授、中国美术家协会会员。作品获首届“全国山水画展”铜奖，加拿大首届“‘枫叶奖’国际水墨大展”优秀奖，“跨世纪暨庆祝建国五十周年全国山水画展”优秀奖等。

山水小品

35cm × 35cm

月下缘生

35cm × 35cm

得山水

行书

35cm × 35cm

崔大中

又名崔庆忠。1969 年生于山东蒙阴。现为中国艺术研究院副研究员、中国美术家协会会员。作品多次参加中外美术展览，并多次举办个人画展，代表作品有《山高水长》、《太行山高》、《泰岳》、《居庸关》、《瑞祥山川》等。出版有《中国绘画史 · 近现代绘画》、《现代派美术史话》、《表现主义》、《抽象派艺术》、《大师的生活 · 劳特累克》等。

牧

68cm × 51cm

山居

68 cm × 51 cm

山前种田

68cm × 51cm

王德芳

1993 年毕业于天津美术学院。1996 年毕业于中央美术学院花鸟画室。现为中国艺术研究院专业画家、研究生导师、国家一级美术师、中国美术家协会会员。擅长工笔、写意花鸟、动物、草虫，形成了独特的个性风格。作品被中央电视台书画院、北京大学等及日本、韩国、德国等收藏。

逸而得福

49cm × 50cm

蔬香图

36cm × 50cm

三阳开泰

38 cm × 52 cm

史　睿

1970年生，北京人。毕业于北京师范大学。现任北京大学历史系中国古代史研究中心图书馆馆长。

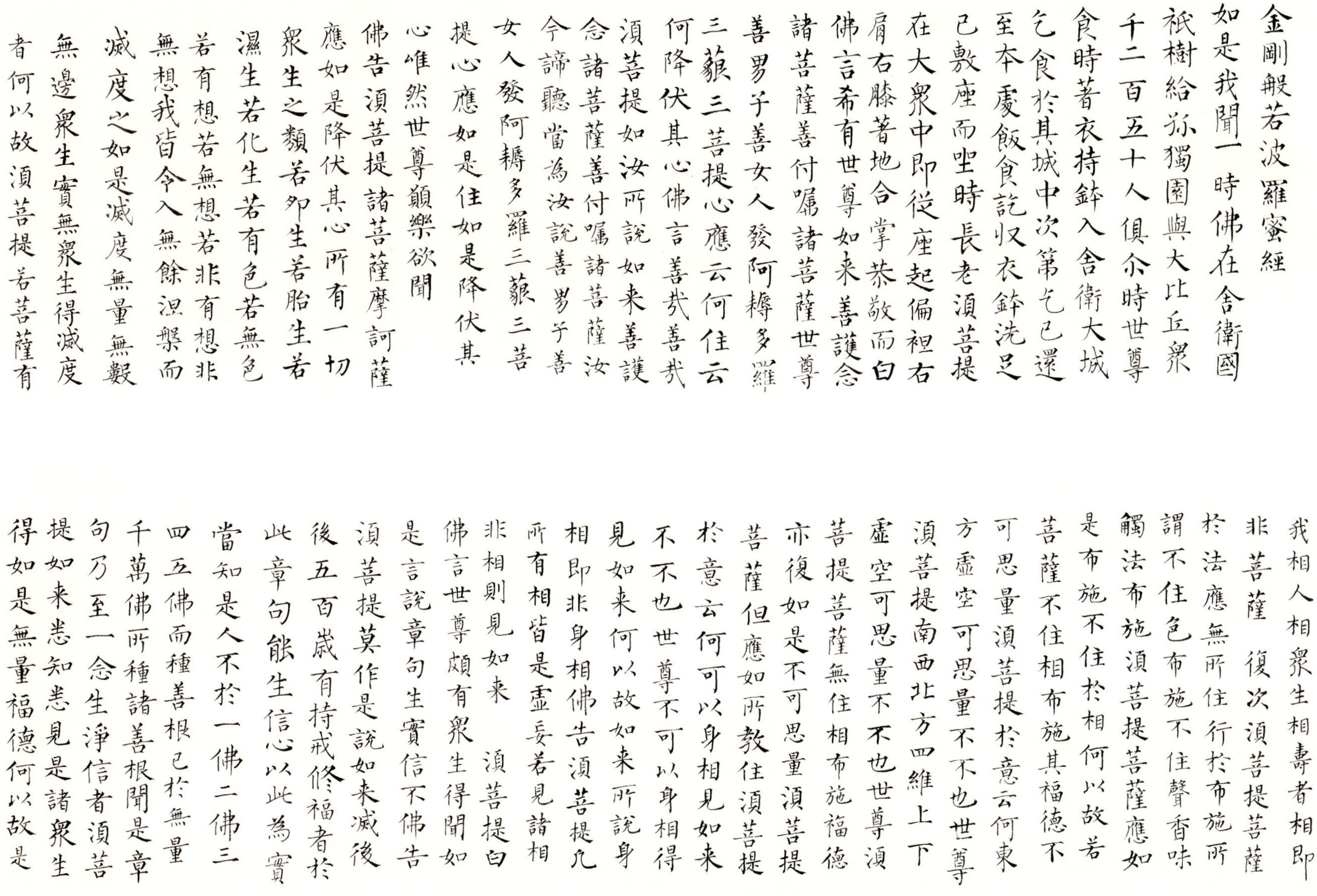

临柳公权《金刚般若波罗蜜经》

楷书

21cm × 124cm

…念我得須陀洹果
不須菩提言不也世尊何以
故須陀洹名為入流而無所
入不入色聲香味觸法是名
須陀洹須菩提於意云何斯
陀含能作是念我得斯陀含
果不須菩提言不也世尊何
以故斯陀含名一往来而實
無往来是名斯陀含須菩提
於意云何阿那含能作是念
我得阿那含果不須菩提言
不也世尊何以故阿那含名
為不来而實無来是故名阿
那含須菩提於意云何阿羅
漢能作是念我得阿羅漢道
不須菩提言不也世尊何以
故實無有法名阿羅漢世尊
若阿羅漢作是念我得阿羅
漢道即為著我人衆生壽者
世尊佛說我得無諍三昧人
中最為第一是第一離欲阿
羅漢我不作是念我是離欲
阿羅漢世尊我若作是念我
得阿羅漢道世尊則不說須
菩提是樂阿蘭那行者以須
菩提實無所行而名須菩提
於意云何如来昔在然燈佛
所於法有所得不世尊如来
在然燈佛所於法實無所得
須菩提於意云何菩薩莊嚴

為金剛般若波羅蜜以是名
字汝當奉持所以者何須菩
提佛說般若波羅蜜則非般
若波羅蜜須菩提於意云何
如来有所說法不須菩提白
佛言世尊如来無所說須菩
提於意云何三千大千世界
所有微塵是為多不須菩提
言甚多世尊須菩提諸微塵
如来說非微塵是名微塵如
来說世界非世界是名世界
須菩提於意云何可以三十
二相見如来不不也世尊何
以故如来說三十二相即是
非相是名三十二相須菩提
若有善男子善女人以恒河
沙等身命布施若復有人於
此經中乃至受持四句偈等
為他人說其福甚多尒時
須菩提聞說是經深解義趣
涕淚悲泣而白佛言希有世
尊佛說如是甚深經典我從
昔来所得慧眼未曾得聞如

長慶四年四月六日翰林侍書
學士朝議郎行右補闕上輕
車都尉賜緋魚袋柳公權
為右街僧録準公書

甲午冬日敬臨柳公權金剛經
晚學史睿恭書

諸衆生無復我相人相衆生相壽者相無法相亦無非法相何以故是諸衆生若心取相則為著我人衆生壽者若取法相即著我人衆生壽者何以故若取非法相即著我人衆生壽者是故不應取法不應取非法以是義故如来常說汝等比丘知我說法如筏喻者法尚應捨何況非法須菩提於意云何如来得阿耨多羅三藐三菩提耶如来有所說法耶須菩提言如我解佛所說義無有定法名阿耨多羅三藐三菩提亦無有定法如来可說何以故如来所說法皆不可取不可說非法非非法所以者何一切賢聖皆以無為法而有差別須菩提於意云何若人滿三千大千世界七寶以用布施是人所得福德寧為多不須菩提言甚多世尊何以故是福德即非福德性是故如来說福德多若復有人於此經中受持乃至四句偈等為他人說其福勝彼何以故須菩提一切諸佛及諸佛阿耨多羅三藐三菩提法皆從此經

佛土不不也世尊何以故莊嚴佛土者則非莊嚴是名莊嚴是故須菩提諸菩薩摩訶薩應如是生清淨心不應住色生心不應住聲香味觸法生心應無所住而生其心須菩提譬如有人身如須弥山王於意云何是身為大不須菩提言甚大世尊何以故佛說非身是名大身　須菩提如恒河中所有沙數如是沙等恒河於意云何是諸恒河沙寧為多不須菩提言甚多世尊但諸恒河尚多無數何況其沙須菩提我今實言告汝若有善男子善女人以七寶滿尒所恒河沙數三千大千世界以用布施得福多不須菩提言甚多世尊佛告須菩提若善男子善女人於此經中乃至受持四句偈等為他人說而此福德勝前福德復次須菩提隨說是經乃至四句偈等當知此處一切世間天人阿脩羅皆應供養如佛塔廟何況有人盡能受持讀誦須菩提當知是人成就最上第一希有之法若是經典所在之處則為有佛若尊重弟子　尒時須菩提白佛

鲁九喜

生于20世纪70年代，祖籍山东。斋馆为养山堂、后千甓亭。毕业于南开大学。喜收藏，秦汉时期金石杂刻，尤对汉魏北朝石刻更为痴迷倾心。

秦銅籥

此籥無文字，以吳式芬所藏秦廿一年寺工籥之形定之，爲秦器，或當不誤也。喜

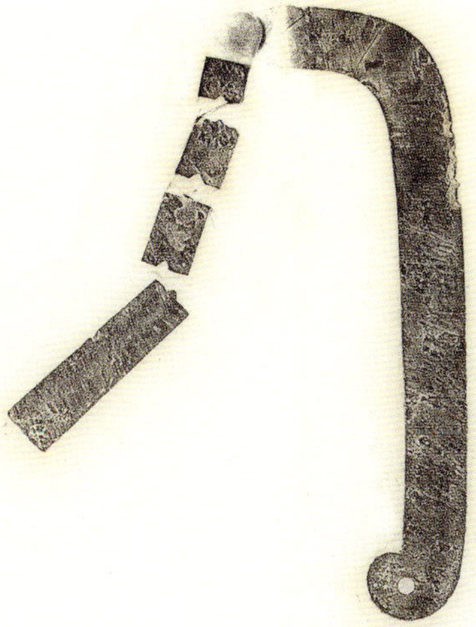

余既燾蒙竹盦先生跋吉金古器物冊首見吳子苾舊藏秦廿一年寺工籥搨本閱月餘於市肆見此器諸人咸謂是古銅鞭蓋未解其所用也周禮地官司門掌授管鍵又睡虎地秦墓所出竹簡其爲吏之道篇云甕田仞邑賦斂無度城郭官府門戶關籥廣雅鍵戶牡也孔疏云凡鎖籥入者謂之牡受者謂之牝持鍵器以鐵爲之似樂器之有管鑰插於內以搏取其鍵也合以今之所見秦兩漢古鎖皆作管狀其形至唐宋時亡未小改其受者謂之管或鍵或鎖其入者謂之籥即搏鍵器也其質或銅或鐵則不一也

魯九喜又題

古籥傳世極罕吳式芬據古錄最先著錄一籥銘廿一年寺工五字馬衡先生中國金石學概要二載是器其末字釋作二似應是工之誤則吳藏是寺工所作之秦器也羅振玉雪堂賸墨有雍庫籥于省吾雙劍誃吉金圖錄有建武籥俱是漢物然此三器僅見拓本流傳原物不知藏何所或已不在天壤矣

歲甲午小雪前一日題于後千甓亭

魯九喜

秦铜籥题跋

墨拓

49cm × 35cm

任艳梅

字素之。中国书法家协会会员，文化部青联书法篆刻艺术委员会委员，山东印社社员，中国艺术研究院文学硕士。现供职中国安全生产科学研究院。

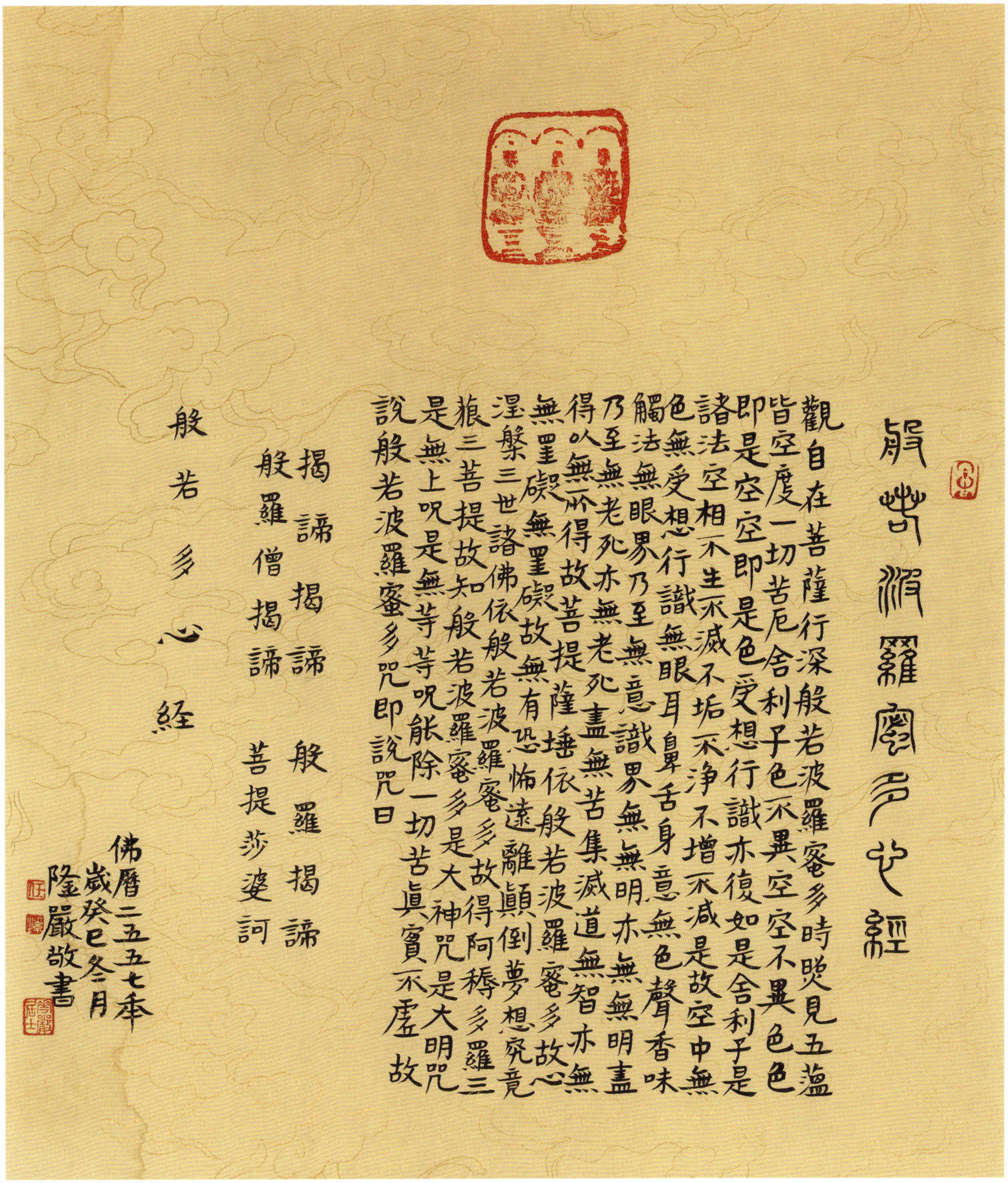

《般若波罗蜜多心经》

楷书

42.5cm×34cm

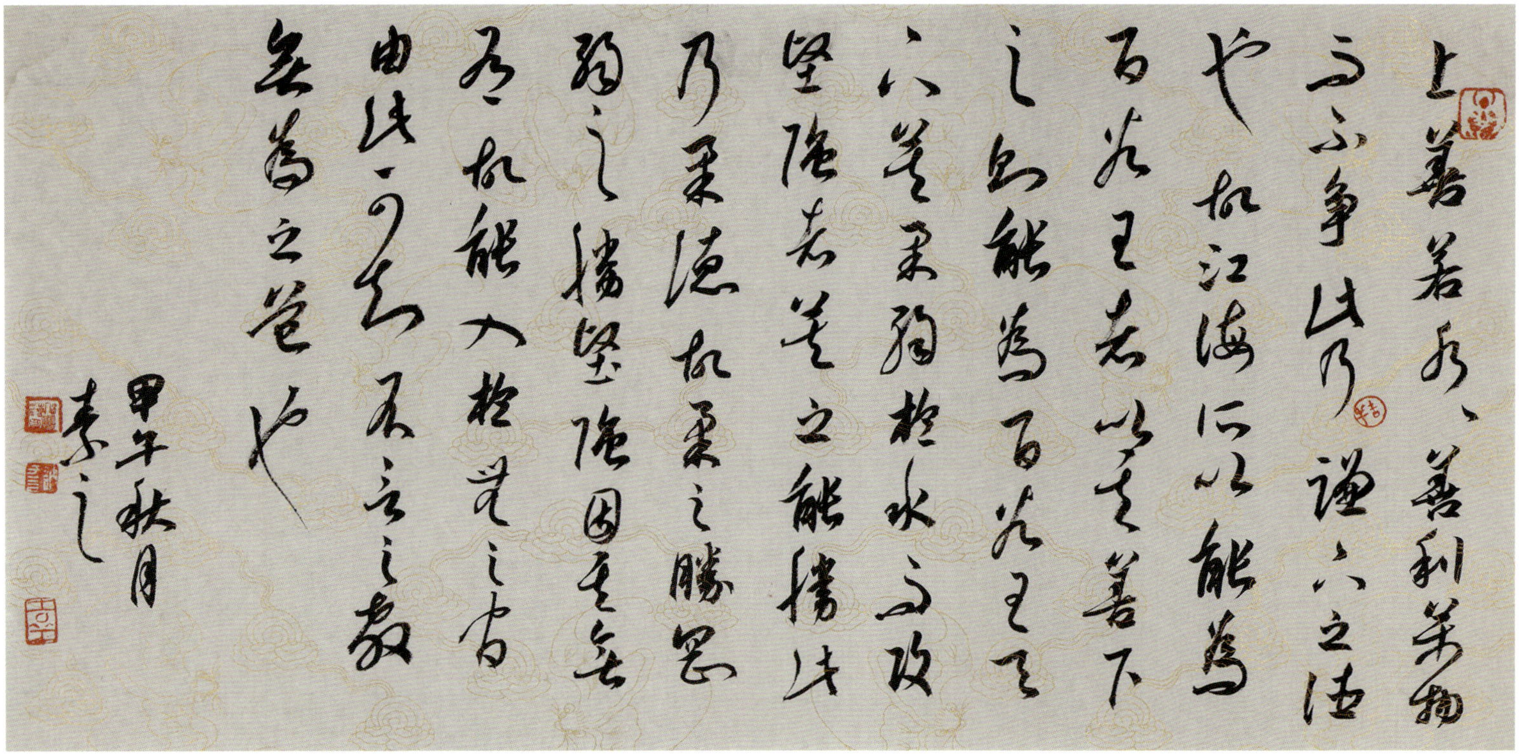

《老子》选句

行书

34cm × 69cm

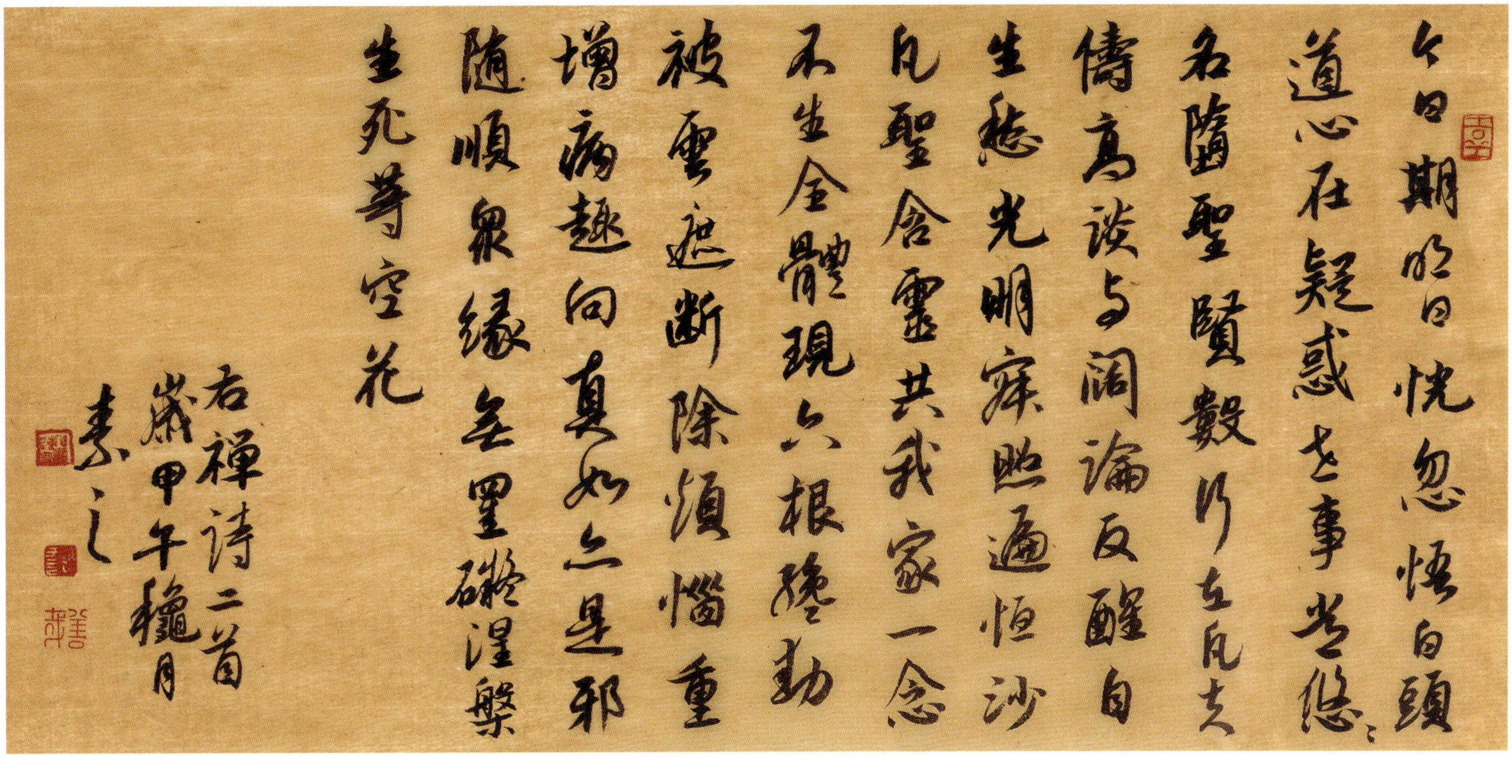

录禅诗二首

行书

34 cm × 69 cm

杨中良

1972年生，山东蓬莱人。结业于中国艺术研究院中国书法院研究生课程班。全国青联委员、中国美术家协会会员、中国艺术研究院艺术创作院特聘研究员、中国书法家协会新闻出版工作委员会委员、荣宝斋《艺术品》杂志主编。作品多次入选全国大展并获奖，多家专业报刊及电视台进行专题介绍。出版有《中国篆刻创作解读·流派印卷》、《艺概丛书·杨中良》、《纸上清风》等。

大江东去

34cm × 46cm

春雪漫空来

34cm × 46cm

柳塘访友

34 cm × 46 cm

雨　鹤

原名杨金亮。1973年生于河北定州。自幼习学书画篆刻，喜读杂书，撰闲文、好游历、痴玩文房。曾在河北大学修汉语言文学，现任北京央美博艺画院院长，中国戏曲人物画研究会画师。

三友图

35cm × 18cm

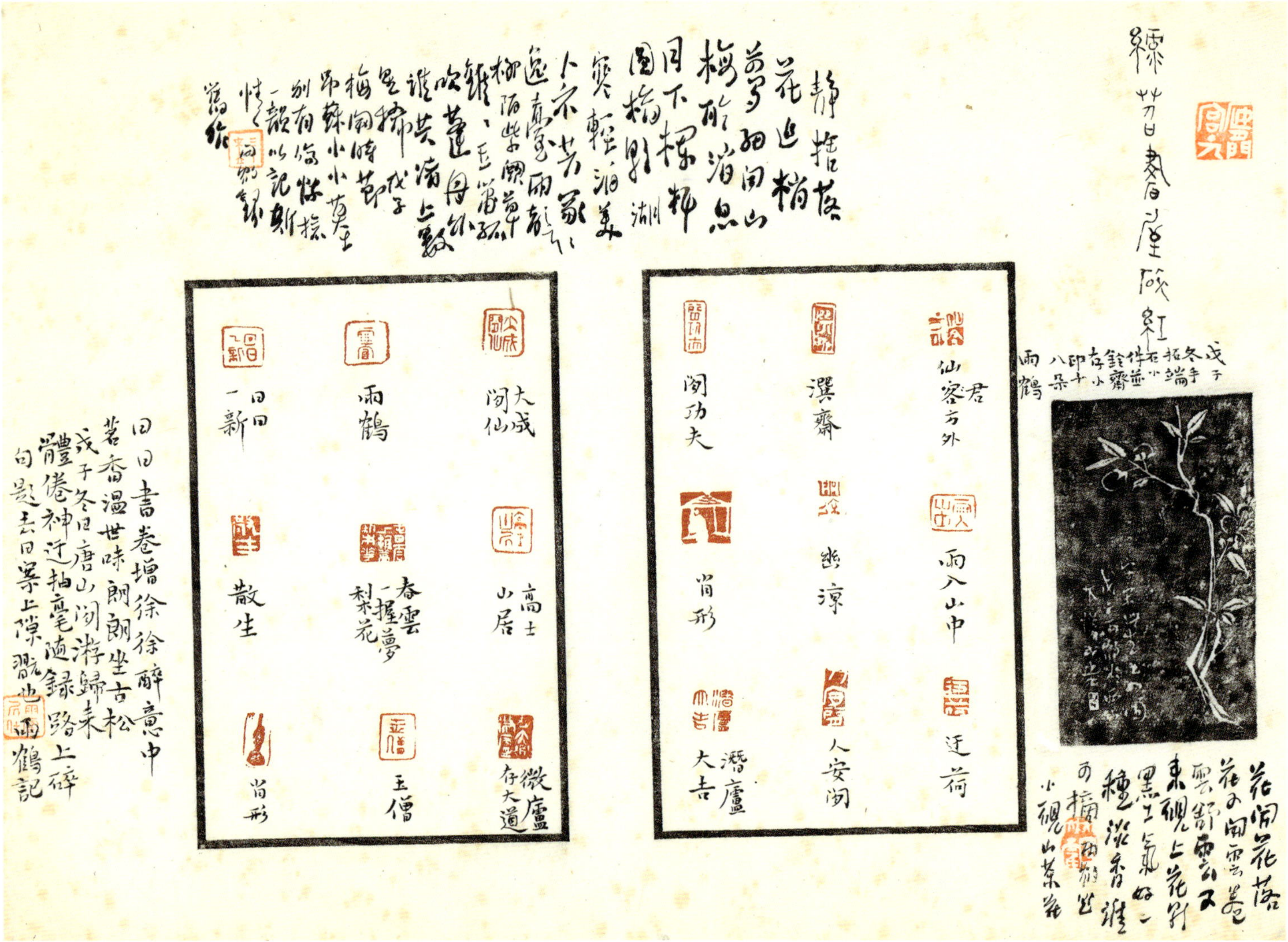

印拓

18.5cm × 20cm

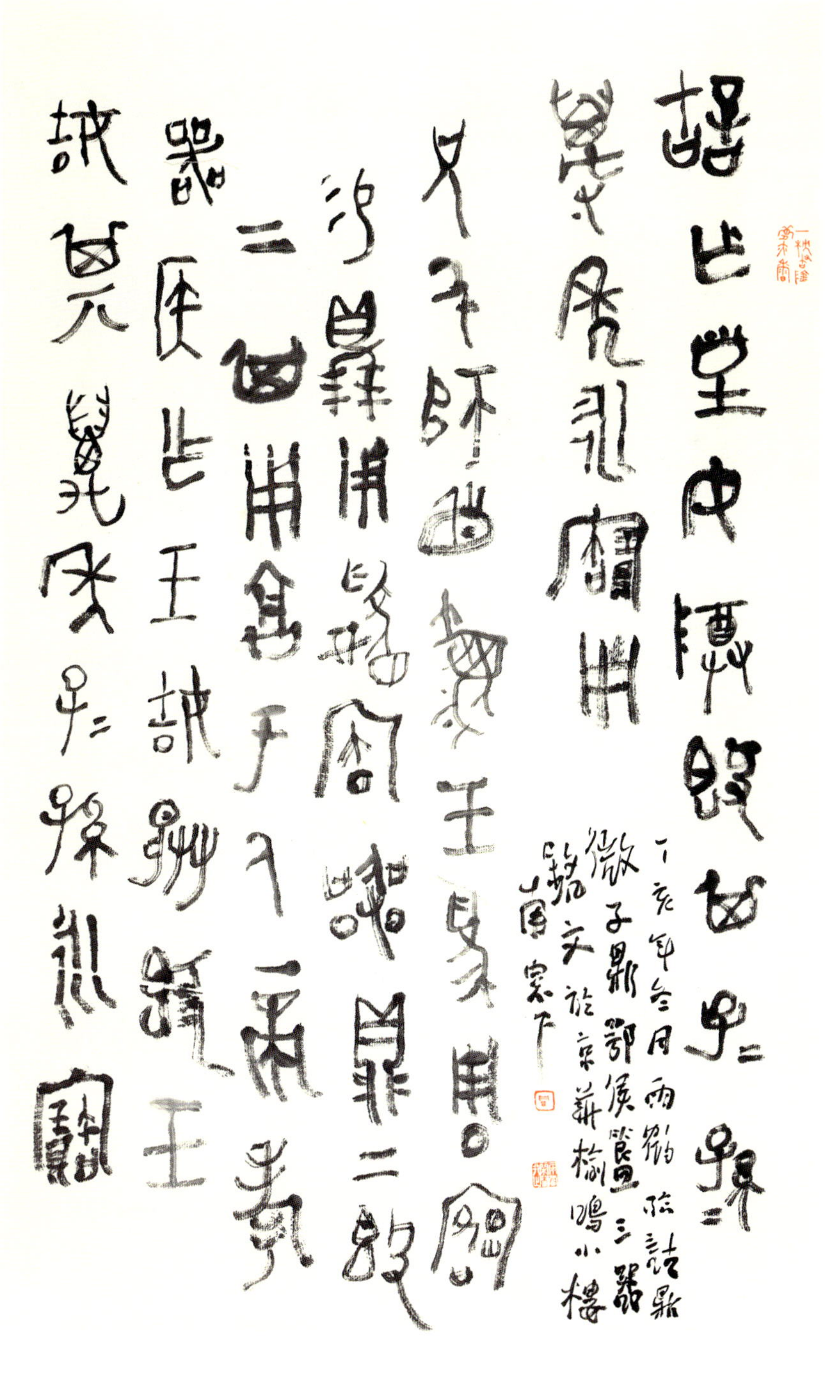

集句

金文

55cm × 34cm

姜鲁沂

1976年生。2001年毕业于首都师范大学美术学院，获硕士学位，师从李爱国教授。北京大学艺术学院访问学者。现为中国艺术研究院艺术创作院美术创作研究中心画家。作品参加首届“黄宾虹奖”全国高等美术院校中国画新秀作品展，获“黄宾虹金华奖”；入选“相聚宜兴——全国工笔画作品展”等。

漫天风雪不絮归

69cm × 69cm

符书铭

1976年生于江苏盐城。曾任今日美术馆副馆长、北京皇城艺术馆馆长。现为中国艺术研究院艺术创作院特聘研究员、文化部青联书法篆刻委员会委员、北京印社社员、中央美术学院继续教育学院特聘教师、河南省中国书法院特聘书法家、北京书画研究会副秘书长、《东方艺术·书法》杂志编委。作品被中国美术馆、今日美术馆、皇城艺术馆、荣宝斋画院等机构或个人收藏。

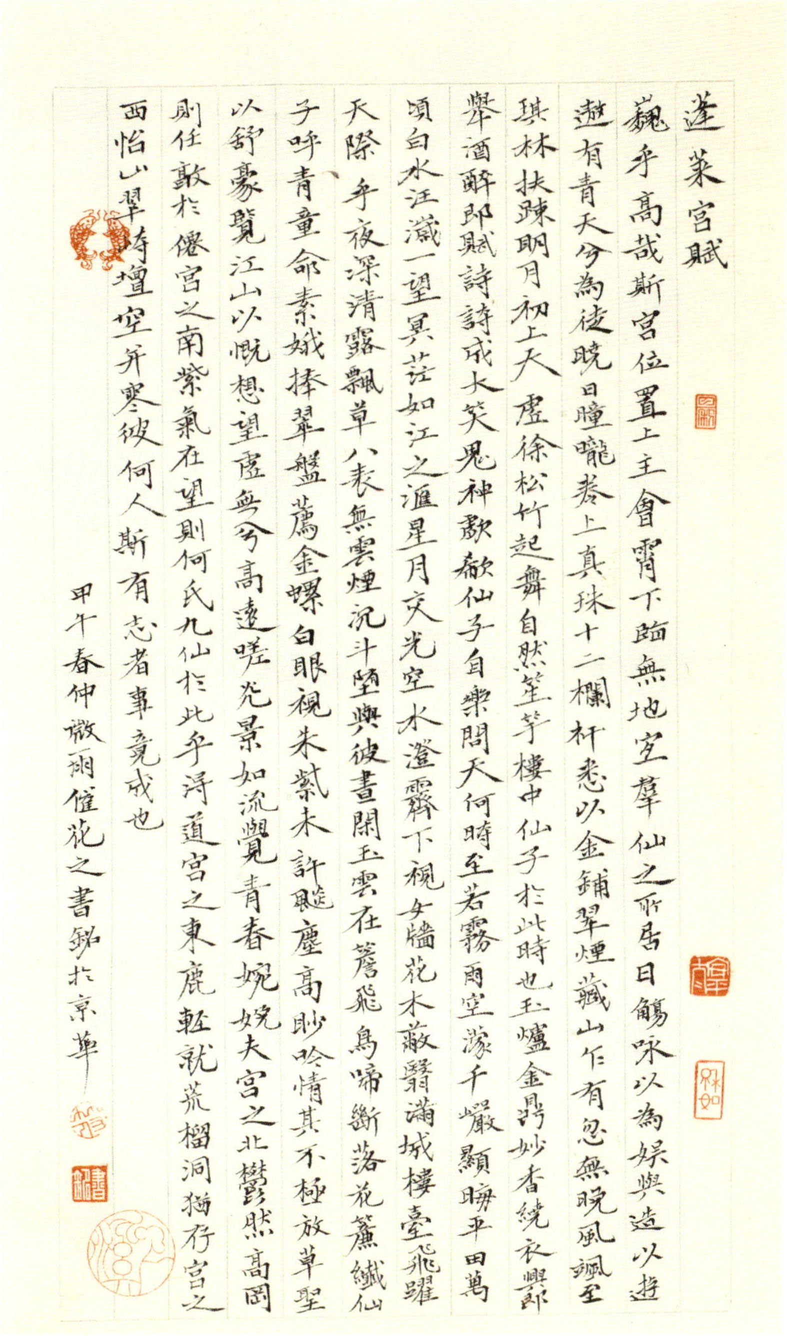

文征明《蓬莱宫赋》

楷书

50cm×30cm

且饮墨沈一斗

印拓

52 cm × 26 cm

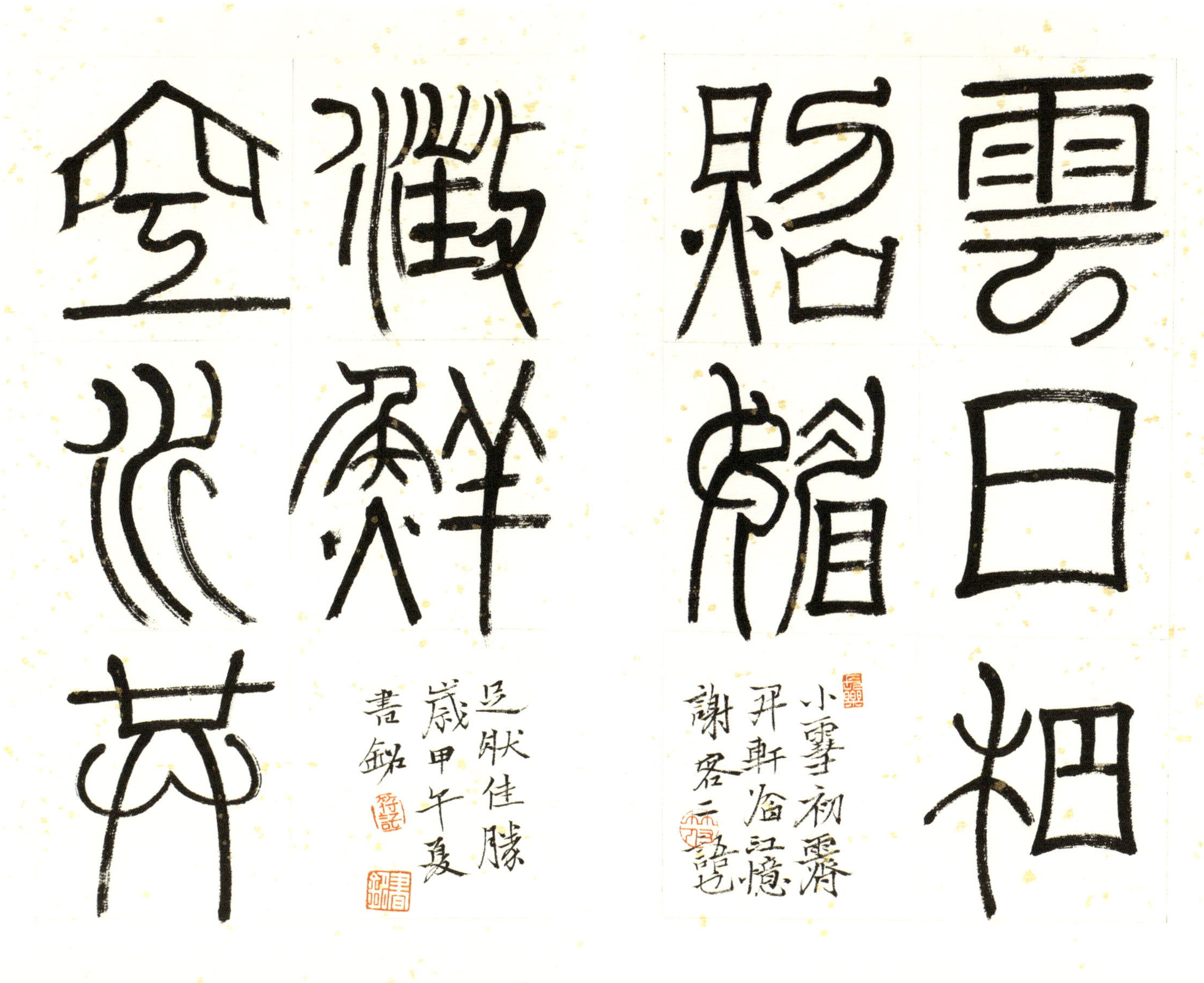

云日相照媚　空水共澄鲜

篆书

35 cm × 21 cm × 2

臧家伟

1977年生，祖籍山东诸城。先后就读于中央工艺美术学院、首都师范大学中国书法文化研究院。现为中国艺术研究院艺术创作院特聘研究员、中国书法家协会书法考级中心书法考官、北京美术家协会会员。主编《中国当代画家选集》。

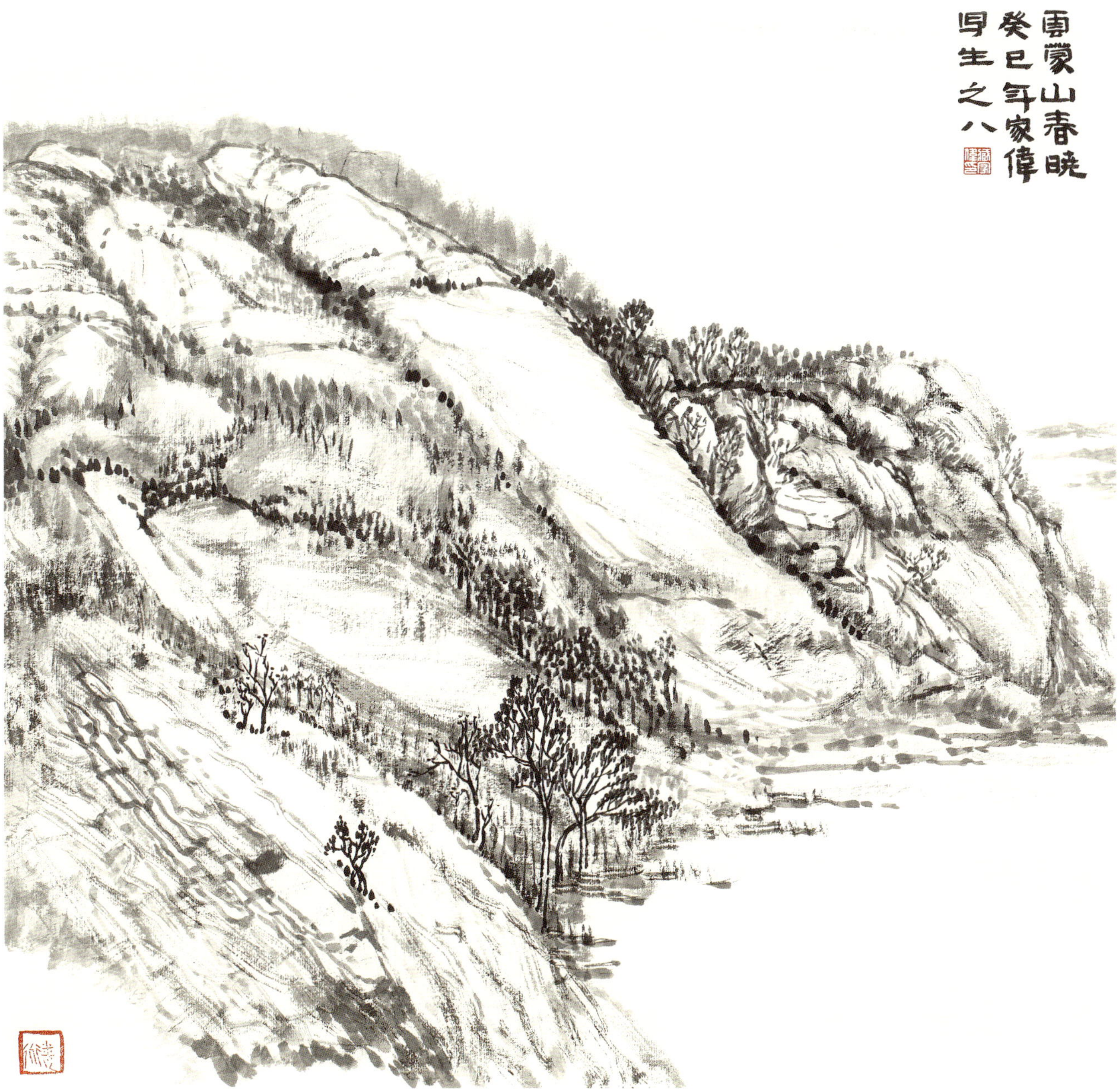

云蒙山春晓之八

45cm × 45cm

云蒙山春晓之六

45cm × 45cm

云蒙山春晓

45cm × 45cm

俞国林

1978年生，浙江桐乡人。毕业于北京师范大学。现任中华书局古籍出版中心主任、文学编辑室主任，副编审。出版有《吕留良传》、《吕留良诗笺释》等。

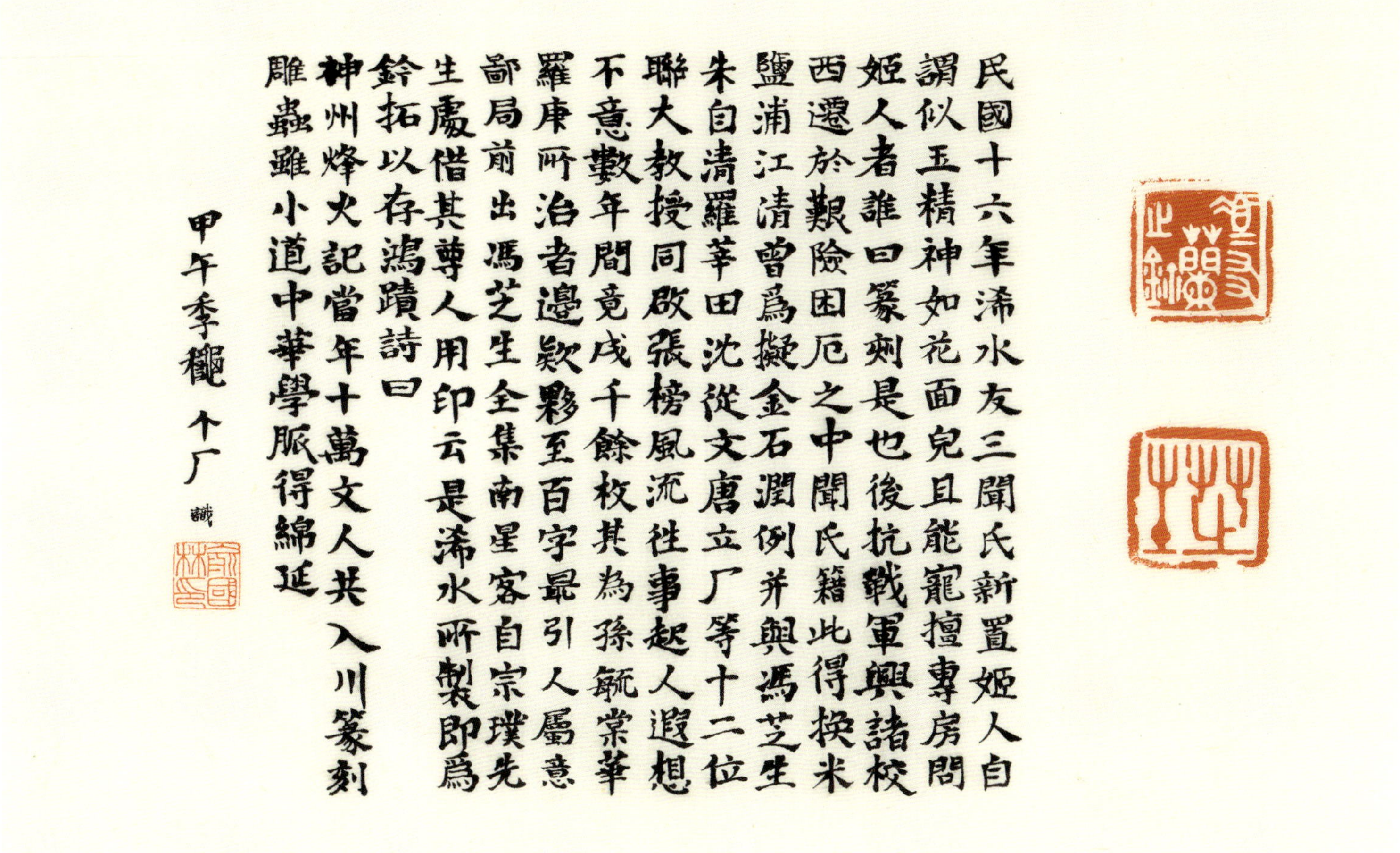

题印章跋

楷书

25cm × 41cm

郎建国

字绍卓，号耕养山房主人。生于1980年，徽州休宁人。英语语言学硕士学位。曾为安徽大学英语教师。现为高等教育出版社外文编辑。爱好书画兼习琴箫。

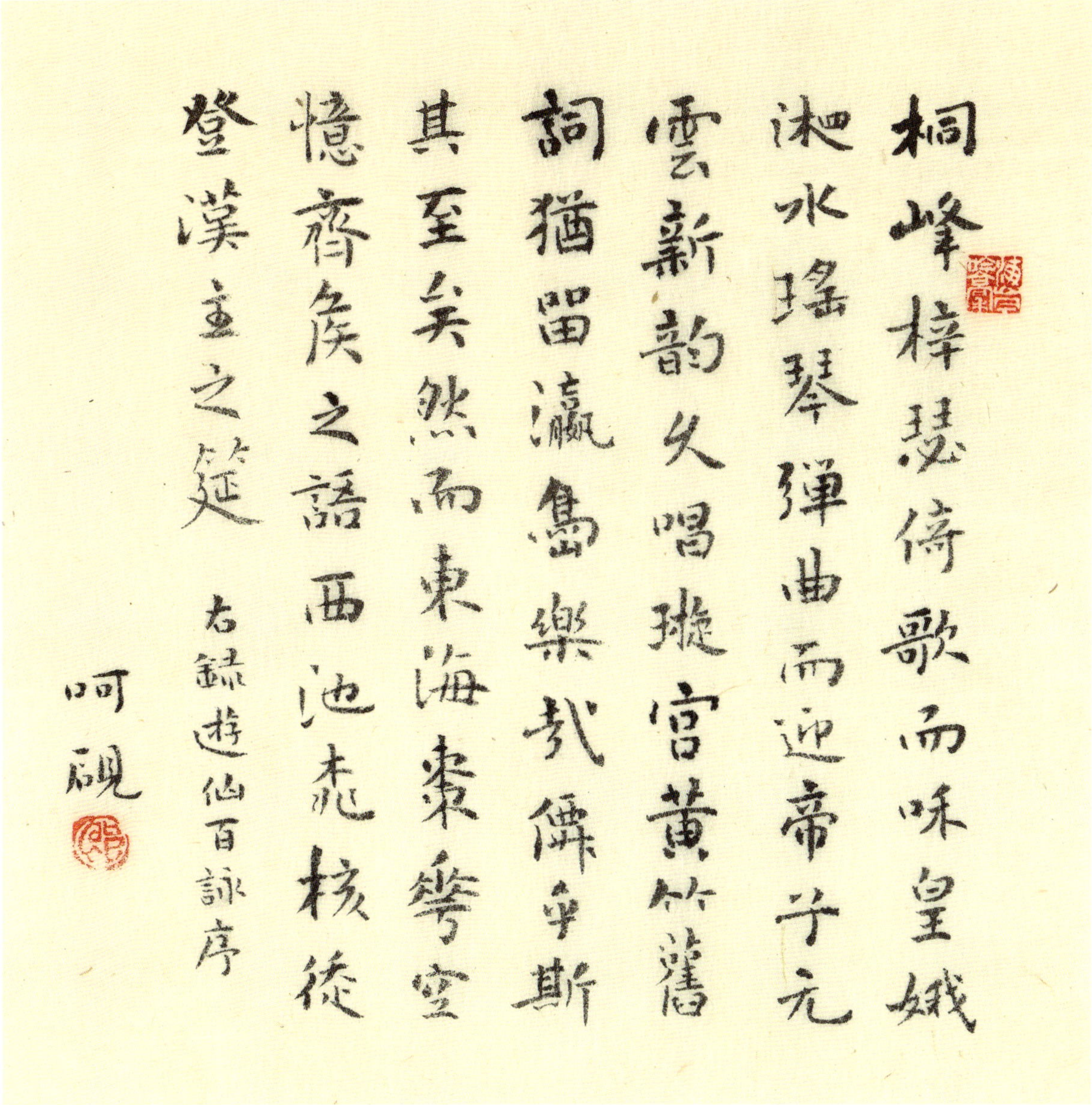

厉鹗《游仙百咏·序》选句

楷书

22cm × 21cm

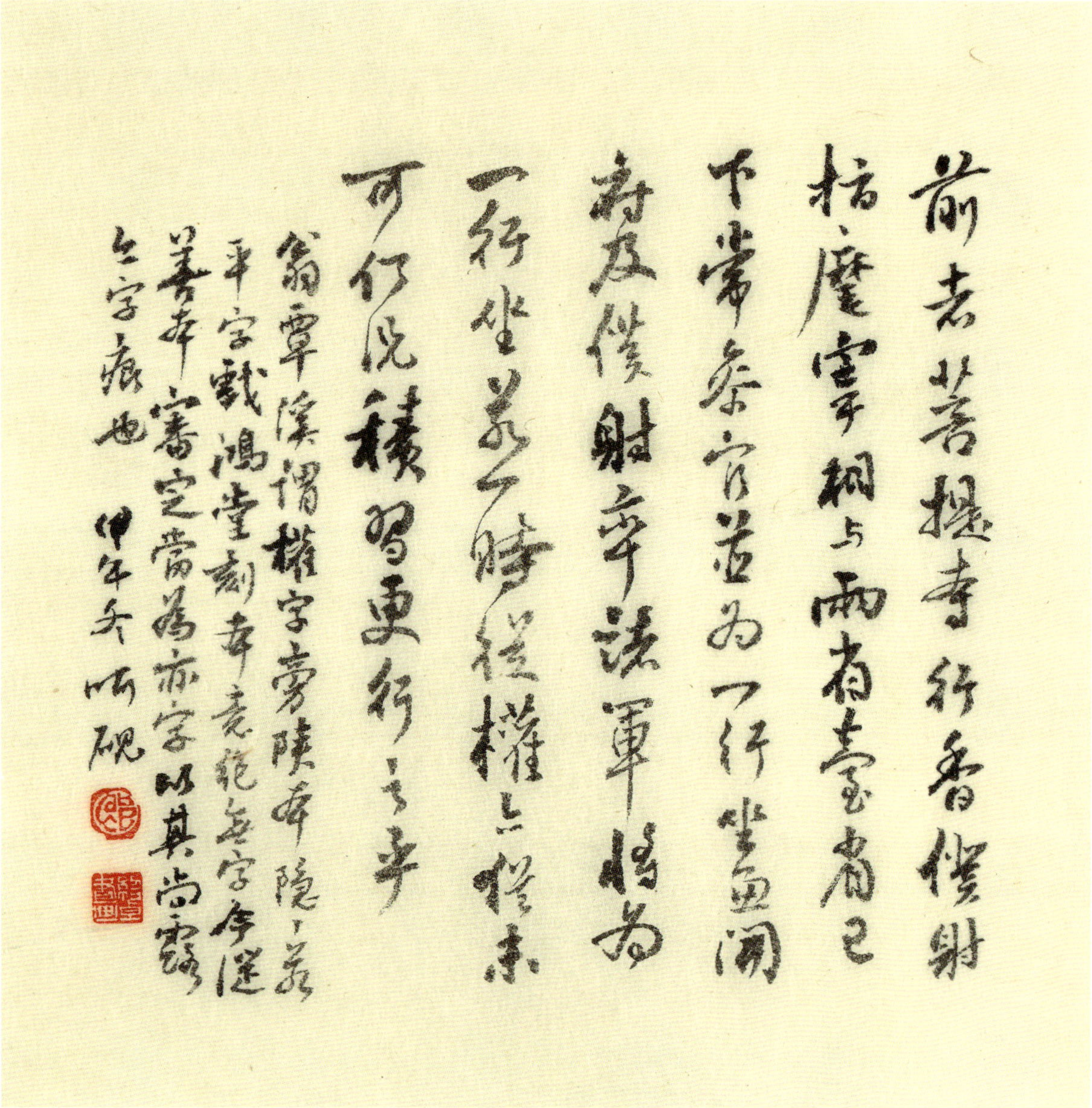

颜真卿《争座位帖》选句

行书

25 cm × 24 cm

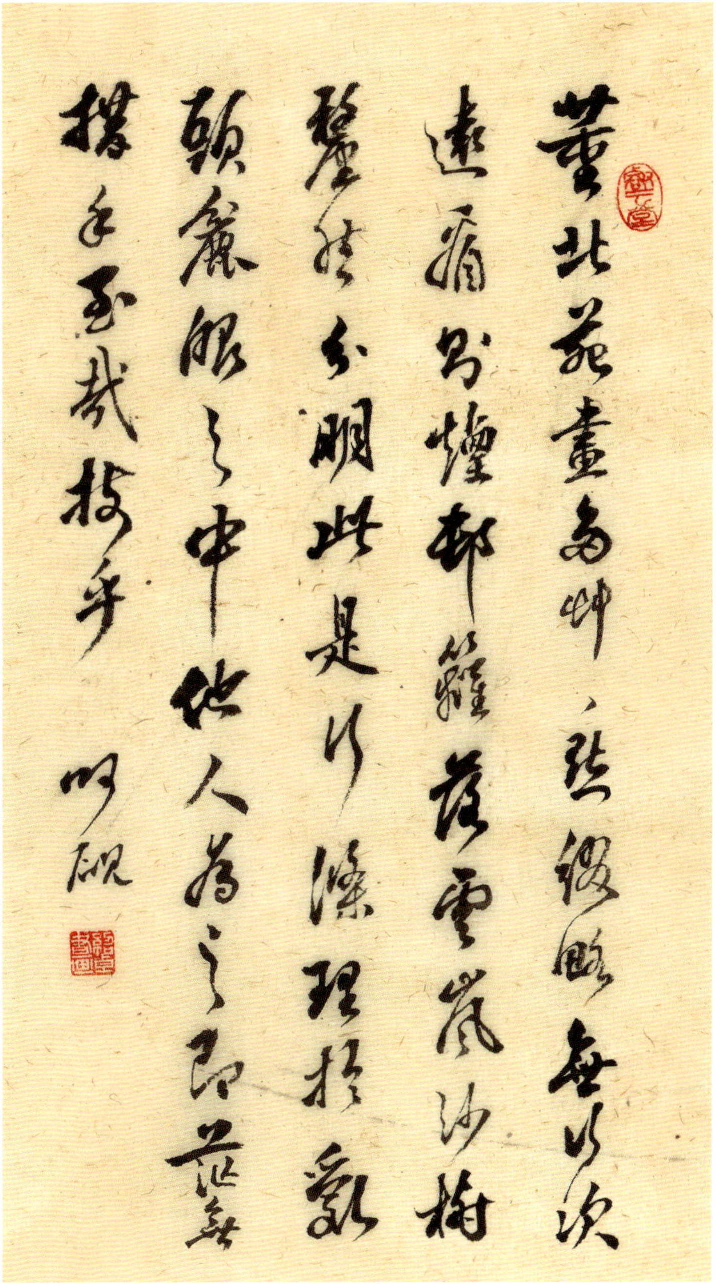

董其昌《画禅室随笔》选句

行书

30cm × 19cm

杨明远

1984年生，山东潍坊人。2009年毕业于天津美术学院书法专业，获文学学士学位。2012年毕业于天津美术学院，获美术学硕士学位。天津美院特聘教师。书法作品入选全国第三届扇面书法展、中日书法邀请展等。作品被天津美院美术馆等机构收藏。出版有《中国书法培训教程 · 褚遂良〈雁塔圣教序〉》。

从善降心联

篆书

44.5cm×8cm×2

赵胥

号朴庐，斋号养宋堂、希有斋、景寅书屋。1985年生。师从杨仁恺先生。现任教于中央美院，酷爱收藏。编著《朴庐藏珍——近现代百位学人手札》、《上虞罗雪堂遗墨选》、《陈田滇游集》、《龢溪明月——杨仁恺先生纪念集》、《陕西吕大临墓出土文物》等。

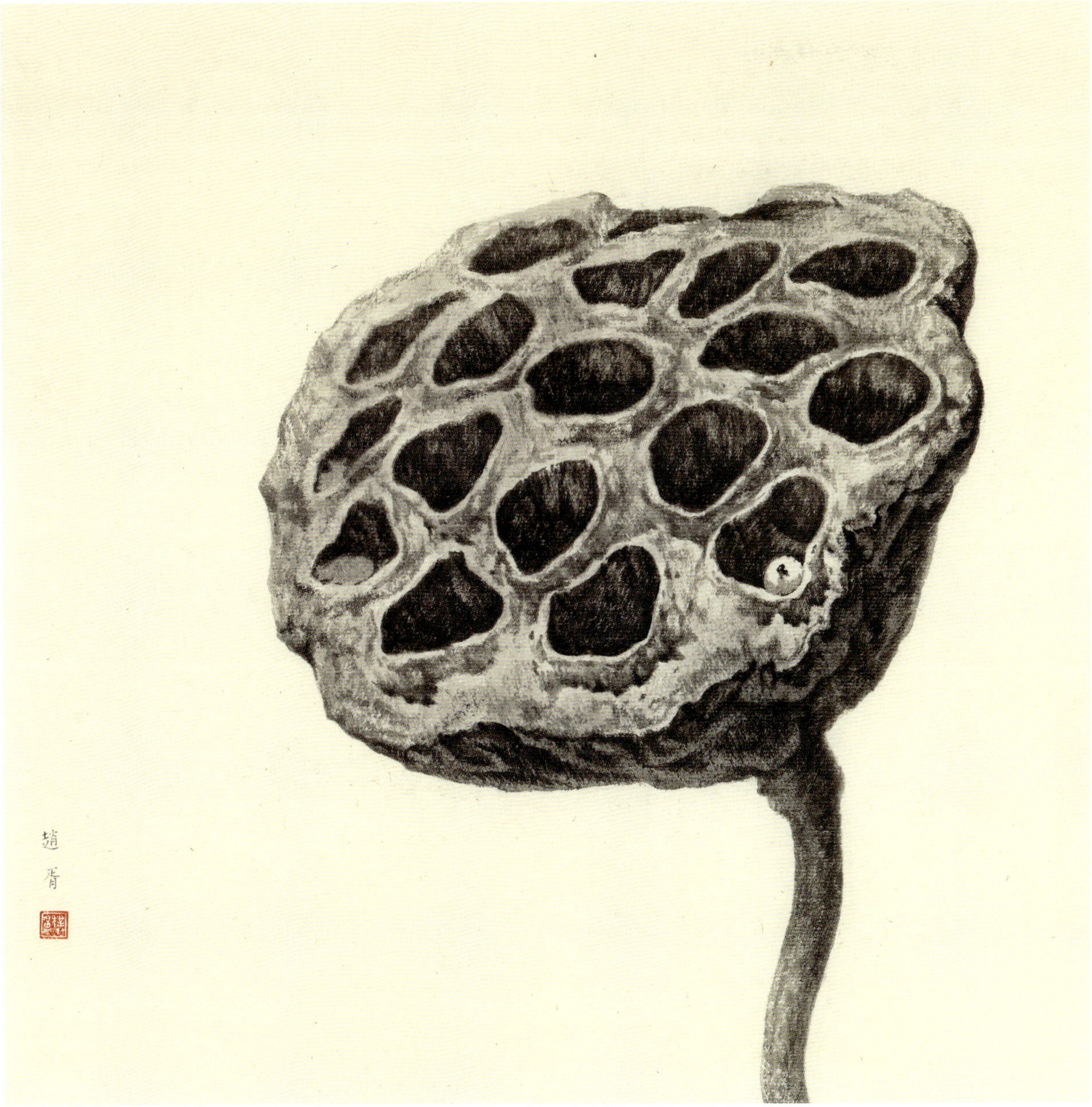

黑绘莲蓬

40cm×40cm

多過過背後斜陽隨地見眼前芳艸
橋下高懸心晴付往來潮
浣溪沙題游春圖
張叢碧先生一代雅士收藏甲天下其詞文采風流之光輝丁龍漢之未遠放情塵外寓跡人間余慕先生久矣然余生也晚未能一睹先生風采引以為憾耳故廣收先生之墨跡匯於吾處以求永久今敬錄先生詞一首以表欽羨之情也
甲午冬至後二日於似宋堂趙胥並記

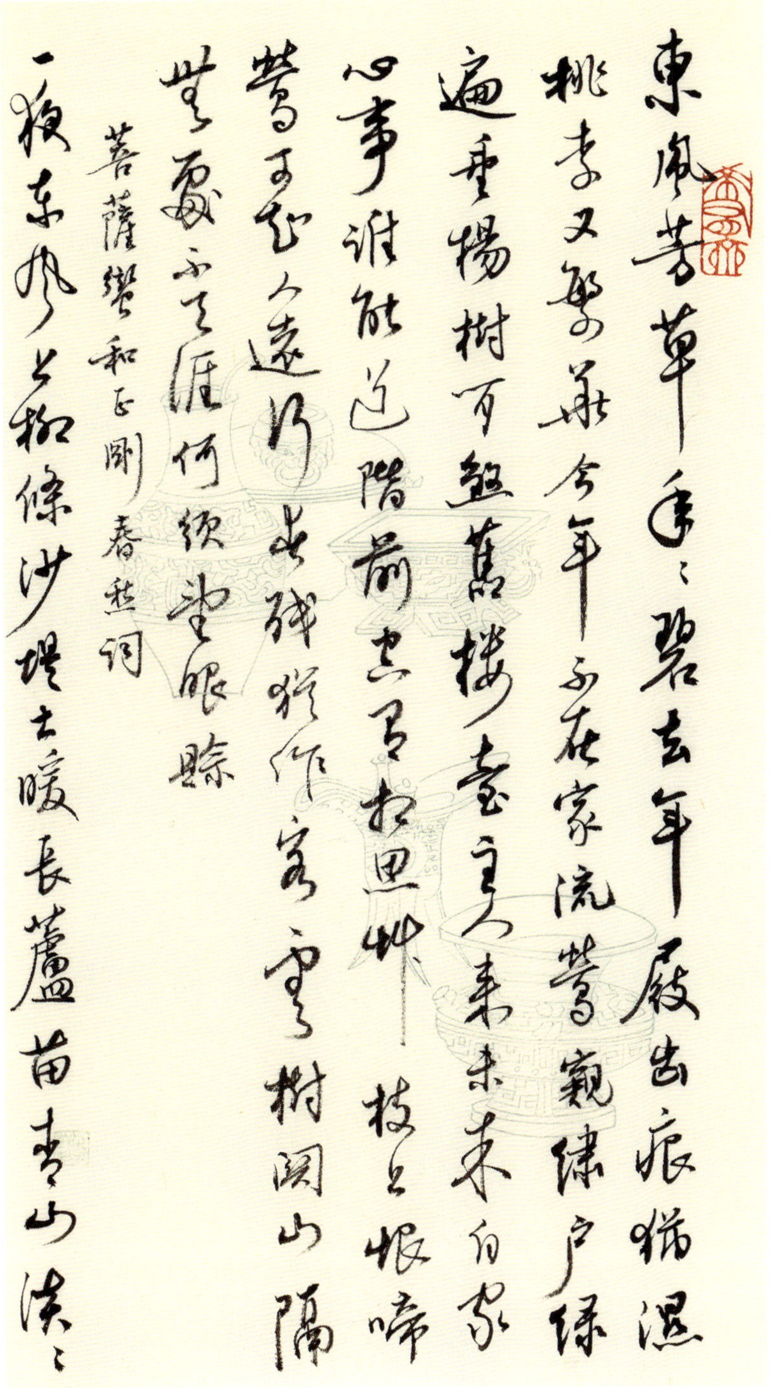

录张伯驹先生词二首

行书

27cm × 18cm × 2

吴锦华

字雪禅，号龙尾山之子，雨华堂主。1978年生于江西婺源歙砚故乡砚山村，从事龙尾砚文化研究及创作二十余年。现为歙砚传承技艺非物质文化传承人。出版有《龙尾石谱》、《雨华堂砚萃一》等。

芝

樟树背坑算子罗纹石

荷

麻子坑天青

惊涛拍岸

坑仔蕉叶白

尘封

眉子坑武溪子石

雨华

龟甲纹白眉金花